KB032503

국어시간에 시읽기 3

국어시간에 시읽기 3

전국국어교사모임 엮음

Humanist

국어 시간에 가장 많이 읽는 책

전국국어교사모임은 신나고 재미있는 국어 수업을 만들기 위해 20년이 넘게 애써 왔습니다. 특히, 중·고등학생들이 읽을 만한 책이 없는 상황에서 학생들이 즐겨 읽을 수 있는 책들을 펴내 청소년 문학에 새바람을 불러일으켰습니다. 학생들의 눈높이를 가장 잘 알고 있는 현장의 국어 선생님들이 엮은 '국어시간에 읽기' 시리즈는 학생들의 관심과 흥미를 살폈을 뿐 아니라, 학생들의 삶이나 현실과 맞닿아 있어 공감을 끌어낼 수 있었습니다.

우리 모임에서 청소년 문학으로 낸 첫 번째 책은 김은형 선생님이 수업에 활용했던 소설을 모아 엮은 《국어시간에 소설읽기 1》입니다. 이 책은 나오자마자 청소년 문학 베스트셀러가 되었습니다. 학생들의 눈높이에 맞는 책인지라 수업 시간에 가장 많이 읽는 책이 되었으며, 여러 권위 있는 단체에서 '중학생이 읽기 좋은 책', '중학생에게 읽기를 권장하는 책'으로 뽑았습니다. 우리는 이어서 《국어시간에 시읽기》, 《국어시간에 생활글읽기》 등을 차례로 펴냈고, 그 책들은 모두 현장 국어 교사들이 수업에 적극 활용하는 책이면서 학생들이 즐겨 읽는 책으로 자리 잡았습니다. 이후 아이들에게 더 많은 읽을거리를 제공하고 싶다는 바람으로 《국어시간에 세계단편소설읽기》, 《국어시간에 세계시읽기》, 《국어시간에 세계희곡읽기》 같은 세계 문학 선집도 엮게 되었습니다. 이 모든 읽을거리가 청소년들의 삶을 더욱 풍성하게 하고, 청소년들의 생각을 더 크고 넓게 해 줄 거라 믿습니다.

'국어시간에 읽기' 시리즈는 학생들에게 읽기의 즐거움을 맛보게 해 준 책입니다. 또한 청소년 문학 시장에 다양한 분야의 책이 나올 수 있도록 마중물 역할을 하였습니다.

'국어시간에 읽기' 시리즈를 통해 학생들이 세상을 이해하고 세상 속으로 한 걸음 나아가기를 기대합니다. 또한 우리 주변의 진솔한 삶의 이야기, 그 속에 숨어 있는 보석 같은 깨달음이 여러분과 함께하기를 바랍니다.

이 책들이 모든 사람에게 오래도록 사랑받기를 바랍니다.

전국국어교사모임

| 여는 글 |

중학생들의 마음에 시가 싹트길……

포항국어교사모임이 시 수업에 대해 고민한 시간들을 《시 맥락 읽기》로 엮은 후에도 시 수업에 대한 애정이 좀처럼 수그러들지 않아 다시 《국어시간에 시읽기 3》을 엮게 되었습니다. "또 시냐"며 걱정 어린 관심을 보인 분들도 있었지만, 작업하면서 만난 아름다운 시들 덕분에 우리는 함께 웃고 때로는 아파하며 행복할 수 있었습니다.

시를 읽는다는 것은 시인의 가슴에 닿은 세상의 울림을 건져 올리는 일이라고 생각합니다. 점점 아스팔트처럼 딱딱하게 굳어 가는 중학생들의 마음에 시가 민들레 씨앗처럼 떨어질 것을 기대하며 시들을 모았습니다. 민들레 씨앗이 땅속 깊이 뿌리를 내리고 싹을 틔워 어느 봄날 노랗게 웃으리라는 것을 믿는 것과 같은 마음에서입니다.

이 책을 엮기 위해 1000편이 넘는 시를 읽고, 그중 100여 편의 시를 골랐습니다. 곰곰 생각해 보아야 하는 시들도 더러 있지만, 대체로 '중학생이라면 읽을 만하다'고 여겨지는 시들입니다. 사회와 현실에 대해 좀 더 생각해 볼 수 있는 다양한 형식의 시도 여러 편 실려 있어, 고등학생을 대상으로 한 시 모음집인 《문학시간에 시읽기》를 읽기 전에 징검다리처럼 이 책을 읽어도 좋을 것입니다.

이 책은 7부로 나누어져 있습니다. 1부에는 일상에서 발견한 삶의

지혜를, 2부에는 가족들 사이의 애틋한 마음을 담았습니다. 3부에는 친구나 사랑하는 사람에 대한 그리운 마음을 모았고, 4부에는 사회와 현대 문명에 대한 성찰을 다룬 다양한 시편을 엮었습니다. 5부에는 우리 주변에 자연을 소재로 한 시들을, 6부에는 학교생활과 이웃들의 삶을 엿볼 수 있는 시들을 소개했습니다. 그리고 7부에는 희망을 노래한 시들을 담았습니다. 좀 더 읽기 편하게 내용에 따라 시를 묶기는 했지만, 엄격한 기준으로 가른 것은 아니니 자유롭게 읽어도 좋습니다. 읽는 사람에 따라 시의 맛도 다르겠지요. 또한 시인과 학생의 시를 구별 없이 수록했으니 시 자체를 읽고 느끼는 데 집중하기를 바랍니다.

마지막으로 저희들에게 시를 읽는 아름다운 시간을 갖게 해 주고, 이 책이 세상에 나올 수 있도록 세심하게 다듬어 준 휴머니스트 출판사 편집부에 감사의 인사를 전합니다.

포항국어교사모임

차례

1 나를 키우는 말

2 어머니의 그륵

3

말하지 않아도

4

바그다드의 봄

5

소나무에 대한 예배

6

지하철에 눈이 내린다

7

흔들리며 피는 꽃

1

…

나를 키우는 말

행복하다고 말하는 동안은 나도 정말 행복해서 마음에 맑은 샘이 흐르고,

고맙다고 말하는 동안은 고마운 마음 새로이 솟아올라 내 마음도 더욱 순해지고,

아름답다고 말하는 동안은 나도 잠시 아름다운 사람이 되어

마음 한 자락이 환해지고,

똥구멍으로 시를 읽다

겨울 산을 오르다 갑자기 똥이 마려워
배낭 속 휴지를 찾으니 없다
휴지가 될 만한 종이라곤
들고 온 신작 시집 한 권이 전부
다른 계절 같으면 잎새가 지천의 휴지이련만
그런 궁여지책도 이 계절의 산은
허락지 않는다
할 수 없이 들려 온 시집의 낱장을
무례하게도 찢는다
무릎까지 바지를 내리고 산 중턱에 걸터앉아
그분의 시를 정성껏 읽는다
읽은 시를 천천히 손아귀로 구긴다
구기고, 구기고, 구긴다
이 낱장의 종이가 한 시인을 버리고,
한 권 시집을 버리고, 자신이 시였음을 버리고
머물던 자신의 페이지마저 버려
온전히 한 장 휴지일 때까지
무참히 구기고, 구기고, 구긴다
펼쳐 보니 나를 훑고 지나가도 아프지 않을 만큼
결이 부들부들해져 있다
한 장 종이가 내 밑을 천천히 지나간다

아, 부드럽게 읽힌다
다시 반으로 접어 읽고,
또다시 반으로 접어 읽는다

고영민

어느 날 하느님이

어느 날
하느님이 물으셨다
꽃아 너는 피고 싶으냐
예
그럼요
하느님이 또 물으셨다
한번 피면
져야 하는데도?
예
그래도요
지면 다시 못 피는데도?
예
그래도요

박의상

깊은 물

물이 깊어야 큰 배가 뜬다
얕은 물에는 술잔 하나 뜨지 못한다
이 저녁 그대 가슴엔 종이배 하나라도 뜨는가
돌아오는 길에도 시간의 물살에 쫓기는 그대는

얕은 물은 잔돌만 만나도 소란스러운데
큰 물은 깊어서 소리가 없다
그대 오늘은 또 얼마나 소리치며 흘러갔는가
굽이 많은 이 세상의 시냇가 여울을

도종환

얼굴

온화하지는 않더라도
험상궂어도 좋으니
그저 숫된 얼굴이 그립다.

저런 천성(天性)의 얼굴을 보면
옛 친구를 만난 듯 반갑다.

요즘 만나고 스치는 얼굴마다
이건 영악하지 않으면 초조하고
유들유들하고, 반들반들하고
새침하고, 매정하고, 얄궂다.

얼굴은 사람 마음의 거울이라는데
너나없이 저렇듯 얼굴이 뒤틀린 것은
마음이 세상살이와 그 이해(利害)에만 쏠려서
탐욕으로 꽉 차 있기 때문이다.

이제 그 얼굴들을 바로잡으려면
모두가 그야말로 마음을 훌훌 비워서
때마다 하늘과 구름도 멀거니 쳐다보고
산과 들, 강과 바다도 멍청히 바라보고

삶과 죽음도 곰곰이 생각해 보고
더불어 사는 남의 구실도 헤아려 보며

삶의 참된 보람과 기쁨을 찾아서
몸부림치며 뉘우치고 울기도 하고
허망에도 빠지고, 영원도 그려 보아야
본연(本然)의 얼굴을 지니게 될 것이다.

구상

소 · 3

소야, 몇 살이니?
그런 것 모른다.
고향은 어디니?
그것도 모른다.
그럼, 아버지 성은?
그런 것 그런 것도 모른다.
니를 낳을 때 어머니는 무슨 꿈 꿨니?
모른다 모른다.
형제는 몇이었니?
모른다 모른다 모른다.
민주주의니? 공산주의니?
....

소는 사람처럼 번거롭기가 싫다.
소는 사람처럼 따지는 게 싫다.
소는 사람처럼 등지는 게 싫다.

소는 들판이 사랑스럽고,
소는 하늘이 아름다웁고,
소는 모든 게 평화로웁고.

권정생

천년의 바람

천년 전에 하던 장난을
바람은 아직도 하고 있다.
소나무 가지에 쉴 새 없이 와서는
간지러움을 주고 있는 걸 보아라
아, 보아라 보아라
아직도 천년 전의 되풀이다.

그러므로 지치지 말 일이다.
사람아 사람아
이상한 것에까지 눈을 돌리고
탐을 내는 사람아.

박재삼

휴대폰

너는
잘 빠진 까만 몸통에
반질반질 윤도 나지
나는
네가 맘에 들어서
내 비밀 얘기도 해주고
나의 추억도 담아놓고
매일 밤 내 옆에 두었지

그런 네가
그날 밤
화난 우리 엄마 목소리로 소릴 질렀어
귀청이 찢어질 만큼
날카로운 목소리로

"성적이 그게 뭐야?"

나는
너무 무서워
너를
방 한구석 멀리 던졌어

그러자
'뚜뚜뚜' 울어버리는
너

속상해 너 따라
뚜뚜뚝 울어버리는
눈

유근지

기대와 기다림 –맹자 편

'진인사대천명'이라 했던가

아빠 생일엔 창작의 고통을 감내하며 완성한
자작 랩으로 축하해 드렸고

엄마 생일에는 비록 일회용이지만
미역국도 끓여드렸다

결혼기념일엔 어려운 주머니 사정에도 불구하고
용돈 털어 영화 티켓도 사 드렸다

내 생일이 일주일 앞으로 다가왔다
하늘은 알아줄 것이다
진심을 다한 나의 최선을!

김미희

내일은 없다

내일 내일 하기에
물었더니
밤을 자고 동틀 때
내일이라고

새날을 찾던 나는
잠을 자고 돌아보니
그때는 내일이 아니라
오늘이더라

무리여!
내일은 없나니…….

윤동주

수선화에게

울지 마라
외로우니까 사람이다
살아간다는 것은 외로움을 견디는 일이다
공연히 오지 않는 전화를 기다리지 마라
눈이 오면 눈길을 걸어가고
비가 오면 빗길을 걸어가라
갈대숲에서 가슴검은도요새도 너를 보고 있다
가끔은 하느님도 외로워서 눈물을 흘리신다
새들이 나뭇가지에 앉아 있는 것도 외로움 때문이고
네가 물가에 앉아 있는 것도 외로움 때문이다
산 그림자도 외로워서 하루에 한 번씩 마을로 내려온다
종소리도 외로워서 울려 퍼진다

정호승

멋진 풍경을 놓치다

앞만 보고 달려온 어느 날
문득 나의 발자취를 뒤돌아보니
얻은 것보다 더 많은 소중한 것들을
잃어버린 느낌이었다

눈앞의 무지개를 찾다가
등 뒤의 멋진 풍경을
놓친 느낌이었다

김지혜

구겨진 몸

불 피우다 보면
구겨진 종이가 더 잘 탄다
주름살 많은 부채 속, 바람 접혀 있듯
구겨진 몸에는 통로가 있다

밑바닥까지 굴러 본 뒤에야 깊어지는 숨처럼
구석에 쿡, 처박혀 봐야
빽빽한 등도 굽을 수 있지
그래야 바람을 안을 수 있지

반듯한 종이가 모서리 들이미는 사이
한 뭉치 종이가 불을 먼저 안는다
구겨진다는 것은 바짝 다가선다는 것일까
더 망칠 것 없다는 듯
온몸으로 불길을 연다

구겨진 몸이 불을 살릴 줄 안다

이향

나를 키우는 말

행복하다고 말하는 동안은
나도 정말 행복해서
마음에 맑은 샘이 흐르고

고맙다고 말하는 동안은
고마운 마음 새로이 솟아올라
내 마음도 더욱 순해지고

아름답다고 말하는 동안은
나도 잠시 아름다운 사람이 되어
마음 한 자락이 환해지고

좋은 말이 나를 키우는 걸
나는 말하면서
다시 알지

이해인

토종닭

눈 덮인 새벽
관음사 올라가는 길
얼음 녹은 여울물 속에
송사리 떼 분주한 몸짓
햇살 퍼지는 산골짝에 오늘은
꼬끼요오 수탉의 긴 목청이 빠졌다
민박집 뒤뜰의 토종닭
모조리 백숙으로 고아 먹고
부처님 앞에 지그시 합장하는
관광호텔 손님들

김광규

아버지 생각 89

"에이, 여자가 어떻게 그래요."
아버지가 가장 싫어하는 말

"남들 다 하는데 뭐."
아버지가 그다음으로 싫어하는 말

우리는 어쨌든 여자여서 당당했고
우리는 어쨌든 남들하고 다른 생각을 하려고 했다.

이데레사

2

어머니의 그륵

어머니는 그륵이라 쓰고 읽으신다.

그륵이 아니라 그릇이 바른 말이지만

어머니에게 그릇은 그륵이다.

어머니의 그륵에 담겨졌던 모든 것들이

사람의 체온처럼 따뜻했다는 것을 깨닫는다.

할매 말에 싹이 돋고 잎이 피고

고들빼기는 씨가 잔게 흙에다 섞어 뿌리고
도라지는 잔설 있을 때 심거야 썩지 않는다네
진안장 귀퉁이 주재순 할매의 씨앗 가게
콩씨 상추씨 아주까리씨며 참깨씨랑
요모조모 다 있는 씨오쟁이마다 쌔근거리는 씨들
요렇게 햇볕 좋고 날 따수어야 싹이 튼다네
흙이 보슬보슬해져서 간지럼도 태우고
보슬비도 와서 촉촉해져야 쑥쑥 자란다네
세상에 저 혼자 나오는 건 아무것도 없고
다 씨가 있어야 나온다는 할매 말에
금세 수숫잎이 일렁이고 해바라기가 돌고
배추가 깍짓동만 해지고 참깨가 은종을 울리는
장터, 이제 스스로는 무얼 더 생산할 수도 없이
유복자가 해 준 틀니에 등은 온통 굽었는데
나는 작은 게 좋아, 요 씨앗들이 다 작잖아,
요것 한 줌이면 식구들 배불리 먹인다는 할매는
길 걸을 때면 발길 닿는 데마다 씨오쟁이를 열어
갓씨 고추씨 오이씨 죄다 뿌린다네
할매에겐 땅 한 뼘 없어도 걸어 댕겨 보면
천지에 온통 오목조목 씨 뿌릴 땅이어서
어느 누가 거두어 가든 상관 않고 뿌린다네

누가 됐든 흡족하게 묵으면 월매나 좋겄냐고.

고재종

• 씨오쟁이 | 씨앗을 담아 두는 짚으로 엮은 물건.
• 깍짓동 | 콩이나 팥 등의 깍지를 줄기가 달린 채로 묶은 큰 단. 혹은 몹시 뚱뚱한 사람을 비유적으로 이르는 말.

등

관절이 결려 오금도 못 펴시는 어머닐 업으려다
힘에 부쳐 내려놓고서
생각해 보니 나도 그녀 등에 업혔던 어린 날이 없다
두어 살 터울로 동생들 줄줄이 태어났고
포목전으로 싸전으로 가족의 생계 혼자서 꾸려 가시느라
등이라면 내겐 할머니 꺼칠했던 숨소리로 되살아날 뿐

어머니는 어린 자식들보다 한 집안을 등짐 지느라
평생 뼛골 빠지셨다, 내가 본 것은
후줄근한 뒷모습뿐이었으니
나, 이제 그 짐 죄다 부려 놓으시라고
평생 업혀 보지도 못한 어머닐 등짐 지듯 차에 태우고
노인 요양소로 간다

저기 양지쪽에 앉아 계시는 여느 노인네처럼
우리 어머니도 누군가가
정문을 나서는 초로 남정네 누구냐고 물으면
대답처럼 돌아앉아
무너진 잔등이나 쓸쓸히 들먹이실걸!

김명인

아버지의 유도복

어느 날 장롱 속을
열다가 본
곱게 접혀 있는 유도복

누구의 것일까
연탄처럼 검은 검정 띠에
이름 석 자 보이네

누군가가 정성 들여 달아 놓은
노오란 이름 석 자
이유 없이
접혀 버린 꿈의 날개

그래서 아버지가 가끔 외로웠나 보다

김선강

휘어진 길 저쪽

세월도 이사를 하는가 보다
어쩔 수 없이 떠나야 할 시간과 공간을 챙겨
기쁨과 슬픔, 떠나기 싫은 사랑마저도 챙겨
거대한 바퀴를 끌고
어디론가 세월도 이사를 하는가 보다
어릴 적 내가 살던 동네
기억 속에는 아직도 솜틀집이며 그 옆 이발소며
이빨을 뽑아 지붕 위로 던지던 기와의 너울들
마당을 지나 아장아장 툇마루로 걸어오던
햇빛까지 눈에 선한데
정작 보이는 것은 다른 시간의 사람들뿐
저기 부엌이 있던 자리
지금은 빌라가 들어선 자리
그 이 층 베란다쯤 다락방이 있던 자리
엄마가 저녁밥 먹으라고 부르는 소리가
가슴에 초승달처럼 걸려 있다
몇 년 만에 아기를 업고 돌아온 고모와
고모를 향해 소리를 지르던 아버지는
말없이 펌프질을 하던 할머니는
그 마당 그 식솔과 음성들 그대로 끌고
모두 어디로 갔을까

낯설어 더 그리운 골목길을 나오는데
문득 내 마음속에 허공 하나가 무너지고 있었다
허공의 담장 너머 저기
휘어진 골목 맨 끝
기억의 등불 속에 살아 오르는 것들
오, 그렇게 아프고 아름답게 반짝이며
살고 있는 것들.

권대웅

쉬

그의 상가엘 다녀왔습니다.

환갑을 지난 그가 아흔이 넘은 그의 아버지를 안고 오줌을 뉜 이야기를 들었습니다. 생의 여러 요긴한 동작들이 노구를 떠났으므로, 하지만 정신은 아직 초롱 같았으므로 노인께서 참 난감해 하실까 봐 "아버지, 쉬, 쉬이, 어이쿠, 어이쿠, 시원허시겄다아" 농하듯 어리광 부리듯 그렇게 오줌을 뉘었다고 합니다.

온몸, 온몸으로 사무쳐 들어가듯 아, 몸 갚아 드리듯 그렇게 그가 아버지를 안고 있을 때 노인은 또 얼마나 더 작게, 더 가볍게 몸 움츠리려 애썼을까요. 툭, 툭, 끊기는 오줌발, 그러나 그 길고 긴 뜨신 끈, 아들은 자꾸 안타까이 땅에 붙들어 매려 했을 것이고, 아버지는 이제 힘겹게 마저 풀고 있었겠지요. 쉬—

쉬! 우주가 참 조용하였겠습니다.

문인수

어린아이

칠순 날 곱디곱던 할머니가
아빠만 찾는
어린아이가 되었다.

아빠가 아니면
입을 꽉 다문 채
먹던 밥조차 뱉어 내는
어린아이가 되었다.

아빠가 가지 못하게
손을 꼭 잡고서
깨지 않는 잠을 이룬
어린아이가 되었다.

생일을 손꼽아 기다리던
어린아이의
생일상 촛불에서
향냄새가 난다.

김효욱

약속

"이번엔 졸업식에 꽃 사 가지고 꼭 가마."
삼 남매 공부시키느라
한 번도 오지 못한 딸아이 졸업식.
아버지는 그리 약속하셨다.

애국가가 울려 퍼지고 식이 진행되는 동안
힐끔힐끔 뒤를 돌아봐도
그곳에 아버지는 계시지 않았다.

전국 방방곡곡 바쁜 손님 태워다 주느라
정작 자기 자신 바삐 올 곳은 못 찾으신 걸까?

졸업가 부르고
빽빽한 나무숲처럼 서 있는
사람들의 박수를 받으며 강당을 나설 때
아버지가 보였다.

검게 그을린 피부에 흐른 땀은
당신이 얼마나 서둘러 뛰어왔는지 보여 주었다.
가쁜 숨 몰아쉬며 그 큰 손에 들려 있던
꽃다발을 내 손에 쥐여 주시곤

머리를 쓰다듬으셨다.

평생 꽃 산 적 몇 번 없다는 손으로
딸 위해 고른 꽃은
플라스틱 꽃잎을 가진 붉은색 꽃

내 생애 처음 받은 꽃다발은
아직도 그때 그 빛깔로
아버지의 약속을 간직하고 있다.

김지애

행복한 생활

때맞춰 밥해야 하고 치워야 하고
한시도 쉬지 않고 어린애들을 돌봐야 하고
무엇이나 명령만 하면 대령해야 하는 남편 밑에서
마치 묶인 노예 같은 행복한 세월이었지

생활에 자신을 맞춰 보려고 맞춰 보려고
아등바등하면서
또 한편 벗어나려고 몸부림치면 칠수록
수갑처럼 목에 조인 끈이 더욱 아프게 조여 왔지

숨 막혀, 헐떡이면서
갇힌 영혼의 메마른 아픔 속에서
서서히 생존하는 방법을 터득했지
미치면서 미치지 않는
묶이면서 묶이지 않는
들판의 자유로운 바람 꿈꾸기
높이높이 비상하는 하늘의 새 꿈꾸기
그러니 몇십 년이 가도 진정으로 나는
아무의 아내도 아무의 엄마도 될 수 없었지

양정자

할머니 편지

느그들 보고 싶어 멧 자 적는다.
추위에 별일 없드나
내사 방 따시고
밥 잘 묵으이 걱정 없다.
건너말 작은 할배 제사가
멀지 않았다.
잊아뿌지 마라
몸들 성커라.

돈 멧 닢 보낸다.
공책 사라.

이동진

어머니의 그륵

어머니는 그륵이라 쓰고 읽으신다
그륵이 아니라 그릇이 바른 말이지만
어머니에게 그릇은 그륵이다
물을 담아 오신 어머니의 그륵을 앞에 두고
그륵, 그륵 중얼거려 보면
그륵에 담긴 물이 편안한 수평을 찾고
어머니의 그륵에 담겨졌던 모든 것들이
사람의 체온처럼 따뜻했다는 것을 깨닫는다
나는 학교에서 그릇이라 배웠지만
어머니는 인생을 통해 그륵이라 배웠다
그래서 내가 담는 한 그릇의 물과
어머니가 담는 한 그륵의 물은 다르다
말 하나가 살아남아 빛나기 위해서는
말과 하나가 되는 사랑이 있어야 하는데
어머니는 어머니의 삶을 통해 말을 만드셨고
나는 사전을 통해 쉽게 말을 찾았다
무릇 시인이라면 하찮은 것들의 이름이라도
뜨겁게 살아 있도록 불러 주어야 하는데
두툼한 개정판 국어사전을 자랑처럼 옆에 두고
서정시를 쓰는 내가 부끄러워진다

정일근

번개를 삼키다

잠깐 번적이는 것은
별문제가 아니다
그 큰 소리가 내 귀로 들어왔을 땐
이미 난 이불 속에서 떨고 있었다
엄마도 아빠도 바깥일에 쫓기시니
혼자 떨 줄밖에 몰랐다
가슴을 찌르는 그 소리가
생각도 싫은 그 소리가
자꾸만 마음속에서 울려 댄다
움츠릴수록 엄마, 아빠 하는 소리가
더 크게 울려 댄다
조용히 젖은 소매로 날 끌어
안아 주던 그 손길이 그리워
나를 때리던 번개를 꾹 삼켰다

장승민

대낮의 소리

대낮에 온 세상이 잠이 들었네.
바람 한 점 없네.
논의 물도 죽은 듯 누워만 있네.

먼 먼 산에서
뻐꾸기 혼자
뻐꾹뻐꾹, 그 소리뿐이네.

더운 김 푹푹 찌는 벼논 한가운데
땀에 젖은 작업복 등만 보이며
혼자서 허리 굽혀 논매는 아버지.

발자국 옮길 때마다 나는
찰부락 찰부락
물소리뿐이네.

도시락 쳐들고
아버지를 불러도
흘긋 한 번 돌아보고 논만 매시네.

뻐꾹뻐꾹
먼 먼 산에서 뻐꾸기만 우네.
일하는 아버지의
물소리만 들리네.

이원수

코끼리 모자母子

시골에서 올라오신 어머니 손을 잡고, 태어나 처음으로 어린이대공원에 소풍을 갔습니다. 때마침 공작도 활짝 날개를 펴 우리 모자를 반겨 주었습니다. "참 먼 데까지 왔구나" 어머니는 이국의 동물들을 어루만지듯 바라보았습니다.

벵골산 호랑이 지나고, 아프리카 어디쯤에서 왔다는 원숭이 무리도 지나 우리 모자는 인도산 코끼리 모자 앞에 섰습니다. 어미 코끼리는 앞에, 새끼 코끼리는 뒤에 서서 그지순한 표정으로 우리 모자를 가만히 들여다보았습니다. 어머니는 새끼 코끼리를, 저는 어미 코끼리를 한참 동안 들여다보았습니다. "참 먼 데까지 왔구나. 그지?" 어머니는 코끼리 모자가 먼 데까지 온 것이 못내 안타까운가 봅니다. 그 순간 하마터면 어머니의 손을 놓칠 뻔했습니다. 어미 코끼리도 우리 모자를 보며 어머니처럼 말하는 것 같았기 때문입니다. 저는 코끼리처럼 잔뜩 주름진 어머니의 손을 꼭 잡고, 식물원으로 발길을 돌리고야 말았습니다.

이홍섭

아우의 인상화

붉은 이마에 싸늘한 달이 서리어
아우의 얼굴은 슬픈 그림이다.

발걸음을 멈추어
살그머니 애띤 손을 잡으며

'늬는 자라 무엇이 되려니'
'사람이 되지'
아우의 설은, 진정코 설은 대답이다.

슬며시 잡았던 손을 놓고
아우의 얼굴을 다시 들여다본다.

싸늘한 달이 붉은 이마에 젖어
아우의 얼굴은 슬픈 그림이다.

윤동주

• 설은 | 서러운.

입이 큰 모녀

시간을 달라고 하면 어린 딸에게
돈을 주었다
천 원짜리 한 장 들고
울려고 하다 말고 학교로 가던 딸

시간을 달라고 하면
돈을 주는 딸
만 원짜리 몇 장 들고
울려고 하다 말고 마트로 간다

우리는 입이 컸었는데
꿀꺽거리며 페트병으로 하나쯤
서로를 단숨에 들이키고 싶었는데
너무 빳빳한 종이
너무 목마른 지폐로
목을 축이고
눈물 어린 눈을 가리고
둘 다 학교로 갔었다

시간은 참지 못하고
우리를 들이마시고

우리는 시간의 배 속에 들어가
그 뒤틀린 내장을 지나는 동안

커피 한 잔을 타서 반씩 나누고
마들렌 과자 봉지를 뜯어 놔도
잠깐만, 잠깐만 딸은 외출하고
모래밭에 혼자 남는다

우리는 입이 컸었는데
큰 입에서 술술 나오던 타액처럼
하고 싶은 말이 혀 밑에 그렇게 많이 고였었는데
그래서 죽이라고 목말랐었는데
시간의 생목(生木) 자른 자리
모래만 수북하게 남아 있다

최문자

3

말하지 않아도

이십오 년 전이나 지금이나 아내는 땅콩을 삶아서
못나고 쭈그러진 것을 먼저 골라 먹는다.
손에 잡히는 대로 먹으면 되지,
꼭 못나고 쭈그러진 것을 먼저 골라 먹어야 하냐고 물으면
씩 웃고 만다.

나에게 기대 올 때

하루의 끝을 향해 가는
이 늦은 시간,
버스나 지하철을 타고 집에 가다 보면
옆에 앉은 한 고단한 사람
졸면서 나에게 기댈 듯 다가오다가
다시 몸을 추스르고, 몸을 추스르고

한 사람이 한 사람에게 기대 올 때
되돌아왔다가 다시 되돌아가는
얼마나 많은 망설임과 흔들림
수십 번 제 목이 꺾여야 하는
온몸이 와르르 무너져야 하는

잠든 네가 나에게 온전히 기대 올 때
기대어 잠시 깊은 잠을 잘 때
끝을 향하는 오늘 이 하루의 시간,
내가 집으로 가는 가장 빠른 길은
한 나무가 한 나무에 기대어
한 사람이 한 사람에게 기대어
나 아닌 것을 거쳐
나인 것으로 가는, 이 덜컹거림

무너질 내가
너를 가만히 버텨 줄 때,
순간, 옆구리가 담장처럼 결려 올 때

고영민

말하지 않아도

이십오 년 전이나 지금이나
아내는 땅콩을 삶아서
못나고 쭈그러진 것을 먼저 골라 먹는다.

손에 잡히는 대로 먹으면 되지
꼭 못나고 쭈그러진 것을
먼저 골라 먹어야 하냐고 물으면
씩 웃고 만다.

왜 대답은 없고
씩 웃고 마는지
우리 식구들은 다 안다.

서정홍

호수 1

얼굴 하나야
손바닥 둘로
폭 가리지만

보고픈 마음
호수만 하니
눈 감을밖에.

정지용

친구야 너는 아니?

친구야 너는 아니?
꽃이 필 때
꽃이 질 때
사실은
참 아픈 거래

나무가 꽃을 피우고
열매를 달아 줄 때도
사실은 참 아픈 거래

사람들끼리
사랑을 하고
이별을 하는 것도
참 아픈 거래

우리 눈에
다 보이진 않지만
우리 귀에
다 들리진 않지만
이 세상엔 아픈 것들이 참 많다고
아름답기 위해서는 눈물이 필요하다고

엄마가 혼잣말처럼 하시던 이야기가
자꾸 생각나는 날

친구야
봄비처럼 고요하게
아파도 웃으면서
너에게 가고 싶은 내 마음
너는 아니?
향기 속에 숨긴 나의 눈물이
한 송이 꽃이 되는 것
너는 아니?

이해인

기대어 울 수 있는 한 가슴

비를 맞으며 걷는 사람에겐 우산보다
함께 걸어 줄 누군가가 필요한 것임을.
울고 있는 사람에겐 손수건 한 장보다
기대어 울 수 있는 한 가슴이
더욱 필요한 것임을.

그대를 만나고서부터
깨달을 수 있었습니다.

그대여, 지금 어디 있는가.
보고 싶다 보고 싶다
말도 못할 만큼
그대가 그립습니다.

이정하

첫사랑 그 사람은

첫사랑 그 사람은
입 맞춘 다음엔
고개를 못 들었네.
나도 딴 곳을 보고 있었네.

비단 올 머리칼
하늘 속에 살랑살랑
햇미역 냄새를 흘리고,
그 냄새 어느덧
마음 아파라,
내 손에도 묻어 있었네.

오, 부끄러움이여, 몸부림이여,
골짜기에서 흘려 보내는
실개천을 보아라,
물비늘 쓴 채 물살은 울고 있고,
우는 물살 따라
달빛도 포개어진 채 울고 있었네.

박재삼

비망록

남을 사랑하는 사람이 되고 싶었는데
남보다 나를 더 사랑하는 사람이
되고 말았다

가난한 식사 앞에서
기도를 하고
밤이면 고요히
일기를 쓰는 사람이 되고 싶었는데
구겨진 속옷을 내보이듯
매양 허물만 내보이는 사람이 되고 말았다

사랑하는 사람아
너는 내 가슴에 아직도
눈에 익은 별처럼 박혀 있고

나는 박힌 별이 돌처럼 아파서
이렇게 한 생애를 허둥거린다

문정희

그대에게 가는 길

내 마음속에 깃들인 그대
그대에게 가는 길은
누구도 가 본 적 없어
오늘도 걷는 길 정처 없습니다
찾아갈 길 어딘지
분간할 수 없습니다
가는 길 어디에나
불쑥 나타나던 막다른 길
그 길 서성이며 얼마나 울었는지요
울며 다시 돌아서던 그 길 위에
또 얼마나 막막한 그리움
남겨 두었던지요
힘들고 지쳐 어려울 때는
쓰린 그리움의 기억도 힘이 되었어요
새로운 길 만들며
그리움 하나 앞세워
온몸 던져 가는 길
그대에게 가는 길은 끝없습니다

오승강

이별 3

성을 쌓고
투구를 쓰고
갑옷을 입고
칼과 창으로 무장을 하고
이별에 맞서려 했으나

이별은
내 안에 있었다.

서천우

첫사랑

나를 생각하면
꽁꽁 언 네 마음에 싹이 돋는다 했지
한 술 더 떠, 나는
꽃까지 피었다 했어

네 생각하다 보니
수없는 꽃이 지고
그리움만 열렸는데
내 마음 받아 줄 너는
지금 어디에 살고 있는지.

윤보영

작별

몰랐습니다
당신, 깊어지던 주름살이
당신, 농사일에 찌들어 망가진 손이
당신, 세월을 이겨내지 못한 흰머리가
마냥 신기한 구경거리였던
어린 날에는
몰랐습니다

말이 없으셨습니다
내가 울면 그 넓은 등을 말없이 내게 빌려주시고
그렇게 동네 몇 바퀴를 도셨습니다
지치지도 않고 재잘대던 손녀딸에게
아무 말 없이 웃음으로 대답하셨습니다

그분, 참
말이 없으셨습니다

하지만 그 주름살, 그 손, 그 흰머리가
나였음을 이제야 알겠습니다

말이 없으셨던 그분은 나에게 세상에서

가장 큰 이야기를 들려주셨습니다

이제야 아주 조금씩 그분, 알아갑니다.
하지만 더 알아갈 시간도 주지 않으신 채
그분, 참 멀리도 가버리셨습니다

윤아란

길

나의 소년 시절은 은빛 바다가 엿보이는 그 긴 언덕길을 어머니의 상여와 함께 꼬부라져 돌아갔다.

내 첫사랑도 그 길 위에서 조약돌처럼 집었다가 조약돌처럼 잃어버렸다.

그래서 나는 푸른 하늘 빛에 호져 때 없이 그 길을 넘어 강가로 내려갔다가도 노을에 함북 자줏빛으로 젖어서 돌아오곤 했다.

그 강가에는 봄이, 여름이, 가을이, 겨울이 나의 나이와 함께 여러 번 댕겨 갔다. 까마귀도 날아가고 두루미도 떠나간 다음에는 모래둔과 그러고 어두운 내 마음이 남아서 몸서리쳤다. 그런 날은 항용 감기를 만나서 돌아와 앓았다.

할아버지도 언제 난 지를 모른다는 마을 밖 그 늙은 버드나무 밑에서 나는 지금도 돌아오지 않는 어머니, 돌아오지 않는 계집애, 돌아오지 않는 이야기가 돌아올 것만 같애 멍하니 기다려 본다. 그러면 어느새 어둠이 기어 와서 내 뺨의 얼룩을 씻어 준다.

김기림

• 호져 | 혼자.
• 모래둔 | 모래 언덕.

젖지 않는 마음 −편지 3

여기에 내리고
거기에는 내리지 않는 비
당신은 그렇게 먼 곳에 있습니다
지게도 없이
자기가 자기를 버리러 가는 길
길가의 풀들이나 스치며 걷다 보면
발끝에 쟁쟁 깨지는 슬픔의 돌멩이 몇 개
그것마저 내려놓고 가는 길
오로지 젖지 않는 마음 하나
어느 나무 그늘 아래 부려 두고 계신가요
여기에 밤새 비 내려
내 마음 시린 줄도 모르고 비에 젖었습니다
젖는 마음과 젖지 않는 마음의 거리
그렇게 먼 곳에서
다만 두 손 비비며 중얼거리는 말
그 무엇으로도 돌아오지 말기를
거기에 별빛으로나 그대 총총 뜨기를

나희덕

순간

얼굴이 붉어진다
네가 지나간 다음에도
얼굴에 따뜻한 기운이 남아 있다

마술일까?

박주연

나룻배와 행인

나는 나룻배
당신은 행인

당신은 흙발로 나를 짓밟습니다
나는 당신을 안고 물을 건너갑니다
나는 당신을 안으면 깊으나 옅으나 급한 여울이나 건너갑니다

만일 당신이 아니 오시면 나는 바람을 쐬고 눈비를 맞으며 밤에서 낮까지 당신을 기다리고 있습니다

당신은 물만 건너면 나를 돌아보지도 않고 가십니다그려
그러나 당신이 언제든지 오실 줄만은 알아요
나는 당신을 기다리면서 날마다 날마다 낡아갑니다

나는 나룻배
당신은 행인

한용운

4

바그다드의 봄

포탄이 떨어지면 아이들은 땅바닥에 납작 엎드려
버섯구름이 채 흩어지기도 전에 다시 축구를 하고
아잔소리가 울리면 다들 무릎을 꿇고 기도를 올린다.
동생은 어제 산 운동화를 바꾸러 나가고
둘째 형은 낡은 자동차를 고친다고 기름투성이고
누이는 저녁을 준비하며 불을 피우고 차를 끓인다.

얼굴 바꾼 남자

그의 얼굴은 간판이요 재산이었다
어디를 가나 환영을 받았고
무대에 등장하면 모두 환성을 올렸다
인기는 날로 상승하여 출연 요청이 줄을 잇고
전국의 연예인들 중에서 열 손가락 안에 드는
소득세 많이 내는 애국자가 되었다
돈과 명성을 주체할 수 없게 된 그가
그렇게 못생긴 얼굴을 달고 다닌다는 것은
말도 안 되는 일이었다
어느 날 홀연히 일본으로 건너간 그는
가장 유명한 성형외과에 입원했다
한 달 만에 귀국한 그의 얼굴은 완전 딴판이어서
아무도 그가 누구인 줄 몰랐으므로
아무도 아는 체를 하지 않았고
번번이 이쪽에서 먼저 인사를 해야만 했다
친숙했던 방송국 피디들과
밤무대 지배인들도 겨우 알아보고
미남이 되셨네요, 라고 심드렁하게 말할 뿐
출연 요청은 하지 않았다
하릴없이 매일 거리를 방황하는데
자세히 둘러보니 세상에는

잘생긴 사람들이 너무 많았다.

권이영

• 이 시가 처음 발표되었을 때의 제목은 〈못생긴 남자〉이다.

벽

옆구리에서 아까부터
무언가가 꼼지락거리고 있었다.
내려다보니 작은 할머니였다.
만원 전동차에서 내리려고
혼자 헛되이 허우적거리고 있었다.
승객들은 빈틈없이 할머니를 에워싸고
높고 튼튼한 벽이 되어 있었다.
할머니가 아무리 중얼거리며 떠밀어도
벽은 꿈쩍도 하지 않았다.
할머니는 있는 힘을 다하였으나
태아의 발가락처럼 꿈틀거릴 뿐이었다.
전동차가 멈추고 문이 열리고 닫혔지만
벽은 조금도 흔들림이 없었다.
할머니가 필사적으로 꿈틀거리는 동안
꿈틀거릴수록 점점 작아지는 동안
승객들은 빈틈을 더 세게 조이며
더욱 견고한 벽이 되고 있었다.

김기택

베트남 아가씨

그해 모심기 철
처음 본 친구의 새엄마

까무잡잡한 얼굴
선명히 대조되는
반짝이는 웃음, 반짝이는 큰 눈,
투박하고도 부지런한 손

비싼 농기계에 놀라던 딩글한 눈
이국적인 사과 깎기
새참 건넬 때
그 얼굴의 순박함, 순박함.

'베트남 아가씨와 결혼하실 분'
귀퉁이 떨어진 현수막이 흔들릴 때마다
내 머릿속에서 함께 흔들리는
마음 착한 아줌마

김미진

학살 2

오월 어느 날이었다
80년 오월 어느 날이었다
광주 80년 오월 어느 날 밤이었다

밤 12시 나는 보았다
경찰이 전투경찰과 교체되는 것을
밤 12시 나는 보았다
전투경찰이 군인으로 대체되는 것을
밤 12시 나는 보았다
미국 민간인들이 도시를 빠져나가는 것을
밤 12시 나는 보았다
도시로 들어오는 모든 차량들이 차단되는 것을

아 얼마나 음산한 밤 12시였던가
아 얼마나 계획적인 밤 12시였던가

오월 어느 날이었다
1980년 오월 어느 날이었다
광주 1980년 오월 어느 날 밤이었다

밤 12시 나는 보았다

총검으로 무장한 일단의 군인들을
밤 12시 나는 보았다
야만족의 침략과도 같은 일단의 군인들을
밤 12시 나는 보았다
야만족의 약탈과도 같은 일군의 군인들을
밤 12시 나는 보았다
악마의 화산과도 같은 일단의 군인들을

아 얼마나 무서운 밤 12시였던가
아 얼마나 노골적인 밤 12시였던가

오월 어느 날이었다
1980년 오월 어느 날이었다
광주 1980년 오월 어느 날 밤이었다

밤 12시
도시는 벌집처럼 쑤셔 놓은 심장이었다
밤 12시
거리는 용암처럼 흐르는 피의 강이었다
밤 12시
바람은 살해된 처녀의 피 묻은 머리카락을 날리고

밤 12시
밤은 총알처럼 튀어나온 아이의 눈동자를 파먹고
밤 12시
학살자들은 끊임없이 어디론가 시체의 산을 옮기고 있었다

아 얼마나 끔찍한 밤 12시였던가
아 얼마나 조직적인 학살의 밤 12시였던가

오월 어느 날이었다
1980년 오월 어느 날이었다
광주 1980년 오월 어느 날 밤이었다

밤 12시
하늘은 핏빛의 붉은 천이었다
밤 12시
거리는 한 집 건너 울지 않는 집이 없었고
무등산은 그 옷자락을 말아 올려 얼굴을 가려 버렸다
밤 12시
영산강은 그 호흡을 멈추고 숨을 거둬 버렸다

아 게르니카의 학살도 이렇게는 처참하지 않았으리
아 악마의 음모도 이렇게는 치밀하지 못했으리.

김남주

애국자가 없는 세상

이 세상 그 어느 나라에도
애국 애족자가 없다면
세상은 평화로울 것이다

젊은이들은 나라를 위해
동족을 위해
총을 메고 전쟁터로 가지 않을 테고
대포도 안 만들 테고
탱크도 안 만들 테고
핵무기도 안 만들 테고

국방의 의무란 것도
군대 훈련소 같은 데도 없을 테고
그래서
어머니들은 자식을 전쟁으로
잃지 않아도 될 테고

젊은이들은
꽃을 사랑하고
연인을 사랑하고
자연을 사랑하고

무지개를 사랑하고

이 세상 모든 젊은이들이
결코 애국자가 안 되면
더 많은 것을 아끼고
사랑하며 살 것이고

세상은 아름답고
따사로워질 것이다

권정생

바그다드의 봄

공습 사이렌이 울리는 바그다드의 밤중에도
연인들은 몰래 만나 마지막인 듯 서로를 애무하고
무서워 우는 아이에게 엄마는 자장가를 불러 준다

포탄이 떨어지면 아이들은 땅바닥에 납작 엎드려
버섯구름이 채 흩어지기도 전에 다시 축구를 하고
아잔소리가 울리면 다들 무릎을 꿇고 기도를 올린다
동생은 어제 산 운동화를 바꾸러 나가고
둘째 형은 낡은 자동차를 고친다고 기름투성이고
누이는 저녁을 준비하며 불을 피우고 차를 끓인다
지난밤 폭격으로 무너진 건물 아래 깔려 죽은
아홉 살 아지자의 피가 말라붙은 벽돌 틈에서
노란 민들레는 무심히도 꽃망울을 피워 내고
포연 속에서도 새들은 알을 까고
올리브 나뭇가지에 꽃은 피어나고
밀밭은 푸르고 대추야자 열매는 봉긋이 오르고
골목에 널린 흰 빨래는 눈부시게 펄럭인다

박노해

• 아잔 | 예배 시각을 알리기 위하여 이슬람교에서 큰 소리로 외치는 일.

원동 할머니

이보게, 자네 전화번호 좀 적어 주게. 저기 농협 달력에 크게 적어 주게. 요즘 이 늙은이가 죽을 때가 되었는지 밤만 되면 몸이 불덩이처럼 뜨거워진다네. 영감 일찍 죽고 이 날까지 혼자 외롭게 살았는데 죽을 때는 혼자 죽고 싶지 않아. 내가 몸이 아파 전화하거들랑 미안하지만 얼른 와 주겠나? 얼른 와서 내 손이라도 좀 잡아 주게.

자식놈들이야 많지만 제 살길 찾아 다 도시로 떠났어. 큰아들놈은 서울에 있고, 작은아들놈은 인천에 있고, 큰딸년은 광주에 살고, 작은딸년은 대전에 살아. 모두 먼 곳에 살고 있으니, 이 늙은이가 막 숨이 넘어간다고 전화를 해도 언제 오겠나. 내 숨이 끊어져야 오지 않겠나.

며느리년들은 거울 앞에 앉아 화장하는 데 한두 시간 걸릴 테고, 차 몰고 오는 데 대여섯 시간 걸릴 텐데……. 조금 가까이 사는 딸년들도 애들 밥해 주랴 빨래하랴 공부 뒷바라지하랴 이래저래 바쁜데, 이 늙은이한테 마음 쓸 겨를이 어디 있겠나. 그러니 이 늙은이가 아프다고 전화하거들랑 귀찮더라도 잠시 왔다 가게. 사람 죽는 거 잠깐이니까.

서정홍

목련이 진들

목련이 지는 것을 슬퍼하지 말자
피었다 지는 것이 목련뿐이랴
기쁨으로 피어나 눈물로 지는 것이
어디 목련뿐이랴
우리네 오월에는 목련보다
더 희고 정갈한 순백의 영혼들이
꽃잎처럼 떨어졌던 것을

해마다 오월은 다시 오고
겨우내 얼어붙었던 이 땅에 봄이 오면
소리 없이 스러졌던 영혼들이
흰빛 꽃잎이 되어
우리네 가슴속에 또 하나의
목련을 피우는 것을

그것은
기쁨처럼 환한 아침을 열던
설레임의 꽃이 아니요
오월의 슬픈 함성으로
한 잎 한 잎 떨어져
우리들의 가슴에 아픔으로 피어나는

순결한 꽃인 것을

눈부신 흰빛으로 다시 피어
살아 있는 사람을 부끄럽게 하고
마냥 푸른 하늘도 눈물짓는
우리들 오월의 꽃이
아직도 애처로운 눈빛을 하는데
한낱 목련이 진들
무에 그리 슬프랴

박용주

농업박물관 소식 –목화 피다

아침을 거르고 나와서 오전 10시께 혼자 가정식 백반을 먹었습니다
왼쪽 구두코를 들어 오른쪽 바짓단 뒤에 문지르다가 어라, 농업박물관 정문이 열렸길래 발길을 돌렸습니다
농업박물관이라 불과 30년 사이에 농업은 박물관으로 들어가게 되었습니다
우리 아버지가 박물관에 들어간 꼴이지요
내 아들은 학교에 들어가서 농부였던 할아버지를 농업박물관에서 관람하겠지요
농업박물관 앞뜰에는 막 목화가 벙글고 있었습니다
벙글어서 하얀 솜을 내밀고 있는 목화는 고체에서 바로 기체가 되는 승화처럼
보였습니다 꽃에서 곧바로 솜이 되는 꽃 우리 아버지는 목화였습니다
이 아들을 거쳐 손자에게 가지 못하고 곧바로 박물관으로 가신 것이지요
나는 농업박물관 안으로는 들어가지 않았습니다
혹 모르지요 내 손자가 이 할애비를 도시박물관에서 찾게 되는 날이 올지도 모르지요
목화밭 앞에서 어슬렁거리다가 회사로 들어가려는데 느닷없이 은단이 먹고 싶었습니다

은단 그러고 보니 가을날 오전의 햇빛이 은단처럼 반짝이며 굴러다녔습니다
약국 갔다 오는 길에 며칠 전 신문사에서 명예퇴직한 선배를 우연히 만났습니다
나는 은단을 한 움큼 집어넣고 우두둑우두둑 씹었습니다
또 모르지요
나의 태어나지 않은 손자는 먼 훗날 이 할애비를 회사박물관에 가서 마주치게 될지도 모르지요
모르지요

이문재

공룡, 호모사피엔스, 그리고…

우리는 지금 거대한 공룡이다.

땅 위의 것, 땅속의 것, 하늘의 것, 바다의 것 가리지 않고 먹어 치워서

몸은 움직일 수 없을 만큼 비대해졌지만.

언젠가는 우리가 먹을 것을 아무 데서도 찾을 수 없는 날이 오리라. 그리하여

마침내 이웃을 먹고 친구를 먹고, 끝내는 가족까지 먹는.

한 천만년 뒤 우리는 하얀 화석으로 발견되겠지.

태평양 연안에서, 미시시피 강변에서, 알프스 산맥 어느 기슭에서, 바이칼 호의 얼음 밑에서,

한반도의 끝 남해 가까운 해변에서.

우리를 발견한 새로운 존재들은 의논이 분분할 거야.

공룡의 절반의 절반의 절반의 절반도 안 되는 동안 이들이 세상을 지배하다 멸망한 원인을 놓고.

또 이들이 만든 문명의 가치를 놓고.

그들 중 몇이나 알고 있을까, 그들 또한 이전 존재와 조금도 다르지 않은 길을 가고 있다는 것을.

좀 더 풍요롭고 편리하고 즐거운 세상을 위하여 마구잡이로
자연을 파괴하고 자원을 낭비하면서.

신경림

인디오의 감자

텔레비전을 통해 본 안데스산맥
고산지대 인디오의 생활
스페인 정복자들에 쫓겨
깊은 산꼭대기로 숨어든 잉카의 후예들
주식이라며 자루에서 꺼내 보이는
잘디잔 감자가 형형색색
종자가 십여 종이다

왜 그렇게 뒤섞여 있느냐고 물으니
이놈은 가뭄에 강하고
이놈은 추위에 강하고
이놈은 벌레에 강하고
그래서 아무리 큰 가뭄이 오고
때아니게 추위가 몰아닥쳐도
망치는 법은 없어
먹을 것은 그래도 건질 수 있다니

전제적인 이 문명의 질주가
스스로도 전멸을 입에 올리는 시대
우리가 다시 가야 할 집은 거기 인디오의
잘디잘은 것이 형형색색 제각각인

씨감자 속에 있었다

윤재철

손목

나 어릴 때 학교에서 장갑 한 짝을 잃고
울면서 집에 온 적이 있었지
부지깽이로 죽도록 맞고 엄마한테 쫓겨났지
제 물건 하나 간수 못하는 놈은
밥 먹일 필요도 없다고
엄마는 문을 닫았지
장갑 찾기 전엔 집에 들어오지도 말라며.

그런데 저를 어쩌나
스리랑카에서 왔다는 저 늙은 소년은
손목 한 짝을 흘렸네
몇 살이나 먹었을까 겁에 질린 눈은
아직도 여덟 살처럼 깊고 맑은데
장갑도 아니고 손목을 잃었네
한하운처럼 손가락 한 마디도 아니고
발가락 하나도 아니고
손목을 잃었네.

어찌할거나 어찌 집에 갈거나
제 손목도 간수 못한 자식이.
저 움푹한 눈망울을 닮은

엄마 아버지 아니 온 식구가, 아니
온 동네가 빗자루를 들고 쫓을 테지
손목 찾아오라고 찾기 전엔
돌아올 생각도 하지 말라고.

찾아보세나 사람들아
붙여 보세나 동무들아
고대로 못 붙여 보내면
고이 싸서 동무들 편에 들려 보내야지
들고 가서 이렇게 못 쓰게 되었으니
묻어 버려야 쓰겠다고
걔 엄마 아버지한테 보이기라도 해야지
장갑도 아니고
손목인데.

윤제림

빙하기가 멀지 않았다

겨울잠을 설친 지리산 반달곰들이 동굴 밖에서
졸린 눈을 비비며 마른 나무 위를 오르내리는 광경이
그대로 집집마다 전송되던 한겨울 저녁
기후 온난화 증거라는 앵커의 굵은 목소리가 끝날 때쯤
김이 나는 시루떡을 들고
맞은편 403호의 초인종을 눌렀는데
아파트 문은 열리지 않은 채, 누구세요?
한 손에 떡을 받쳐 든 채 나는, 오늘 앞집에 이사 온 사람인데요
그러자 금방, 아! 그 이사 떡은 먹은 걸로 할게요.
용케도 손에 들린 것까지 보았는지 더 이상 대꾸도,
얼굴도 들도 보도 할 수 없었다
동면 굴보다 더 찾기 힘든 같은 통로 12층
집집마다 문 두드리며 오르내리다 집으로 돌아오자 어느새
시루떡이 저 혼자 몸을 움츠린 채
딱딱하게 굳어 가고 있었다
서울 겨울 저녁에

이기윤

물고기

저녁 시간이 끝나갈 즈음
작은 연못가로 나가
연못 안 작은 물고기들을 들여다보고는
씨익 웃으며 말했다

너희는 절대 연못을 벗어나지 못해
나처럼 말이야

이현영

5

소나무에 대한 예배

학교 뒷산 산책하다, 반성하는 자세로, 눈발 뒤집어쓴 소나무,

그 아래에서 오늘 나는 한 사람을 용서하고 내려왔다.

내가 내 품격을 위해서 너를 포기하는 것이 아닌,

너 있는 그대로 받아들이는 이것이 나를 이렇게 휘어지게 할지라도.

귀뚜라미와 나와

귀뚜라미와 나와
잔디밭에서 이야기했다

귀뚤귀뚤
귀뚤귀뚤

아무에게도 아르켜주지 말고
우리 둘만 알자고 약속했다

귀뚤귀뚤
귀뚤귀뚤

귀뚜라미와 나와
달 밝은 밤에 이야기했다

윤동주

반딧불

가자, 가자, 가자
숲으로 가자
달 조각을 주우러
숲으로 가자

그믐밤 반딧불은
부서진 달 조각

가자, 가자, 가자
숲으로 가자
달 조각을 주우러
숲으로 가자

윤동주

남으로 창을 내겠소

남으로 창을 내겠소
밭이 한참갈이
괭이로 파고
호미론 풀을 매지요

구름이 꼬인다 갈 리 있소
새 노래는 공으로 들으려오
강냉이가 익걸랑
함께 와 자셔도 좋소

왜 사냐건
웃지요

김상용

홍시를 보며

감나무에 감꽃이 지고 나더니
아프게도 그 자리에 열매가 맺네.
열매는 한창 쑥쑥 자라고
그것이 처음에는 눈이 부신
반짝이는 광택 속
선연한 푸른빛에서
조금씩 변하더니 어느새
붉은 홍시로까지 오게 되었더니라.

가만히 보면
한자리에 매달린 채
자기 모습만을
불과 일 년이지만 하늘 속에
열심히 비추는 것을 보고, 글쎄,
말 못하는 식물이 저런데
똑똑한 체 잘도 떠들면서
도대체 우리는 어디다가
자기 모습을 남기는가 생각해 보니
허무라는 심연밖에 없더니라.
아, 가을!

박재삼

쇠죽에 빠진 흰 꽃잎

바람의 장난이었을까 쇠죽에 빠진 흰 꽃잎 흰 꽃잎이 빠진 쇠죽을 먹은 황소 콩밭을 갈려고 하지 않았다 황소는 온종일 나비만을 콩밭에서 쫓아다녔다 흰 꽃잎은 쇠죽에 빠져 무슨 주문을 걸었을까

김요섭

강철 새잎

저거 봐라 새잎 돋는다
아가 손마냥 고물고물 잼잼
봄볕에 가느란 눈 부비며
새록새록 고목에 새순 돋는다

하 연둣빛 새 이파리
네가 바로 강철이다
엄혹한 겨울도 두터운 껍질도
제 힘으로 뚫었으니 보드라움으로 이겼으니

썩어 가는 것들 크게 썩은 위에서
분노처럼 불끈불끈 새싹 돋는구나
부드러운 만큼 강하고 여린 만큼 우람하게
오 눈부신 강철 새잎

박노해

담쟁이덩굴의 독법

손끝으로 점자를 읽는 맹인이 저랬던가
붉은 벽돌을 완독해 보겠다고
지문이 닳도록 아픈 독법으로 기어오른다
한번에 다 읽지는 못하고
지난해 읽다 만 곳이 어디였더라
매번 초심으로 돌아가
다시 시작하다 보면 여러 번 손 닿은 곳은
달달 외우기도 하겠다
세상을 등지고 읽기에 집중하는 동안
내가 그랬듯이 등 뒤 세상은 점점 멀어져
올려다보기에도 아찔한 거리다
푸른 손끝에 피멍이 들고 시들어 버릴 때쯤엔
다음 구절이 궁금하여도
그쯤에선 책을 덮어야겠지
아픔도 씻은 듯 가시는 새봄이 오면
지붕까지는 독파해 볼 양으로
맨 처음부터 다시 더듬어 읽기 시작하겠지

나혜경

생강나무

생강나무꽃은 꼭 산수유꽃처럼 생겼다
무슨 긴한 것을 나누듯
작고 노란 꽃잎들이 에둘러 앉은 모양새가 꼭 같다

생강나무가 산수유가 아님은 나뭇가지를 분질러 보면 안다
부러진 부위에서 싸하게 번지는 생강 내음
가지를 분지르면 노란 애기 똥이 묻어 나오는 애기똥풀이란 꽃도 있다

이 고요한 식물의 세계에도
얼굴 하나만 가지고 제 이름값을 하는 연예인 같은 꽃들이 있는가 하면
제 가지를 부러뜨려야만 저를 드러낼 수 있는 자해공갈단 같은 꽃들이 있다

문성해

솔잎

엄동에도
솔잎은 얼지 않고
나무들은
뿌리만으로 겨울을 견딘다
모두 오염되고
파괴되었어도
생명은 얼지 않고
뿌리에서 오는 힘으로 넉넉히
새봄을 준비한다.

김지하

꽃을 보려면

채송화 그 낮은 꽃을 보려면
그 앞에서
고개 숙여야 한다

그 앞에서
무릎도 꿇어야 한다

삶의 꽃도
무릎을 꿇어야 보인다.

박두순

멧새 소리

처마 끝에 명태를 말린다
명태는 꽁꽁 얼었다
명태는 길다랗고 파리한 물고긴데
꼬리에 길다란 고드름이 달렸다
해는 저물고 날은 다 가고 별은 서러웁게 차갑다
나도 길다랗고 파리한 명태다
門턱에 꽁꽁 얼어서
가슴에 길다란 고드름이 달렸다

백석

나무

나무는 몰랐다
자신이 나무인 줄을
더구나 자기가
하늘의 우주의
아름다운 악기라는 것을
그러나 늦은 가을날
잎이 다 떨어지고
알몸으로 남은 어느 날
그는 보았다
고인 빗물에 비치는
제 모습을
떨고 있는 사람 하나
가지가 모두 현이 되어
온종일 그렇게 조용히
하늘 아래
울고 있는 자신을

이성선

감나무

감나무 저도 소식이 궁금한 것이다
그러기에 사립 쪽으로는 가지도 더 뻗고
가을이면 그렁그렁 매달아 놓은
붉은 눈물
바람결에 슬쩍 흔들려도 보는 것이다
저를 이곳에 뿌리박게 해 놓고
주인은 삼십 년을 살다가
도망 기차를 탄 것이
그새 십오 년인데……
감나무 저도 안부가 그리운 것이다
그러기에 봄이면 새순도
담장 너머 쪽부터 내밀어 틔워 보는 것이다

이재무

섬

바다가 기르는 상처

만약
저 드넓은 바다에
섬이 없다면
다른 그 무엇이 있어
이 세상과 내통할 수 있을까

이홍섭

매화와 매실

선암사 노스님께
꽃이 좋은지 열매가 좋은지 물으니
꽃은 열매를 맺으려 핀다지만
열매는 꽃을 피우려 익는다고 한다
매실을 보며 매화의 향내를 맡고
매화를 보며 매실의 신맛을 느낀다고 한다

꽃구경 온 객도 웃으며 말한다
매실을 어릴 적에는 약으로 알고
자라서는 술로 알았으나
봄을 부르는 매화 향내를 맡고부터는
봄에는 매화나무라 부르고
여름에는 매실나무라 부른다고 한다.

최두석

비스듬히

생명은 그래요.
어디 기대지 않으면 살아갈 수 있나요?
공기에 기대고 서 있는 나무들 좀 보세요.

우리는 기대는 데가 많은데
기대는 게 맑기도 하고 흐리기도 하니
우리 또한 맑기도 흐리기도 하지요.

비스듬히 다른 비스듬히를 받치고 있는 이여.

정현종

벼

벼는 서로 어우러져
기대고 산다.
햇살 따가워질수록
깊이 익어 스스로를 아끼고
이웃들에게 저를 맡긴다.

서로가 서로의 몸을 묶어
더 튼튼해진 백성들을 보아라.
죄도 없이 죄지어서 더욱 불타는
마음들을 보아라. 벼가 춤출 때,
벼는 소리 없이 떠나간다.

벼는 가을 하늘에도
서러운 눈 씻어 맑게 다스릴 줄 알고
바람 한 점에도
제 몸의 노여움을 덮는다.
저의 가슴도 더운 줄을 안다.

벼가 떠나가며 바치는
이 넓디넓은 사랑,
쓰러지고 쓰러지고 다시 일어서서 드리는

이 피 묻은 그리움,
이 넉넉한 힘…….

이성부

산

당신 품에 안겼다가 떠나갑니다
진달래꽃 술렁술렁 배웅합니다
앞서 흐르는 물소리로 길을 열며
사람들 마을로 돌아갑니다
살아가면서
늙어가면서
삶에 지치면 먼발치로 당신을 바라다보고
그래도 그리우면 당신 찾아가 품에 안겨 보지요
그렇게 살다가 영, 당신을 볼 수 없게 되는 날
당신 품에 안겨 당신이 될 수 있겠지요

함민복

소나무에 대한 예배

학교 뒷산 산책하다, 반성하는 자세로,
눈발 뒤집어쓴 소나무, 그 아래에서
오늘 나는 한 사람을 용서하고
내려왔다. 내가 내 품격을 위해서
너를 포기하는 것이 아닌,
너 있는 그대로 받아들이는 이것이
나를 이렇게 휘어지게 할지라도.
제 자세를 흐트리지 않고
이 지표(地表) 위에서 가장 기품 있는
건목(建木); 소나무, 머리의 눈을 털며
잠시 진저리 친다.

황지우

• 건목 | 굳건한 나무.

6

지하철에 눈이 내린다

강을 건너느라 지하철이 지상으로 올라섰을 때
말없이 앉아 있던 아줌마 하나가 동행의 옆구리를 찌르며 말한다.
눈 온다.
옆자리의 노인이 반쯤 감은 눈으로 앉아 있던 손자를 흔들며
손가락 마디 하나가 없는 손으로 차창 밖을 가리킨다.
눈 온다.

담양 한재초등학교의 느티나무

어른 다섯의 아름이 넘는 교정의 느티나무,
그 그늘 면적은 전교생을 다 들이고도 남는데
그 어처구니를 두려워하는 아이는 별로 없다.
선생들이 그토록 말려도 둥치를 기어올라
가지 사이의 까치집을 더듬는 아이,
매미 잡으러 올라갔다가 수업도 그만 작파하고
거기 매미처럼 붙어 늘어지게 자는 아이,
또 개미 줄을 따라 내려오는 다람쥐와
까만 눈망울을 서로 맞추는 아이도 있다.
하기야 어느 날은 그 초록의 광휘에 젖어서
한 처녀 선생은 반 아이들을 다 끌고 나오니
그 어처구니인들 왜 싱싱하지 않으랴.
아이들의 온갖 주먹다짐, 돌팔매질과 칼끝질에
한 군데도 성한 데 없이 상처투성이가 되어
가지 끝에 푸른 울음의 별을 매달곤 해도
반짝이어라, 봄이면 그 상처들에서
고물고물 새잎들을 마구 내밀어
고물거리는 아이들을 마냥 간질여 댄다.
그러다 또 몇몇 조숙한 여자아이들이
맑은 갈색 물든 잎새들에 연서를 적다가
총각 선생 곧 떠난다는 소문에 술렁이면

우수수, 그 봉싯한 가슴을 애써 쓸기도 하는데,
그 어처구니나 그 밑의 아이들이나
운동장에 치솟는 신발짝, 함성의 높이만큼은
제 꿈과 사랑의 우듬지를 키운다는 걸
늘 야단만 치는 교장 선생님도 알 만큼은 안다.
아무렴, 가끔은 함박눈 타고 놀러 온 하느님과
상급생들 자꾸 도회로 떠나는 뒷모습 보며
그 느티나무 스승 두런두런, 거기 우뚝한 것을.

고재종

• 우듬지 | 나무의 꼭대기 줄기.

추석 무렵

반짝반짝 하늘이 눈을 뜨기 시작하는 초저녁
나는 자식놈을 데불고 고향의 들길을 걷고 있었다.

아빠 아빠 우리는 고추로 쉬하는데 여자들은 엉뎅이로 하지?

이제 갓 네 살 먹은 아이가 하는 말을 어이없이 듣고 나서
나는 야릇한 예감이 들어 주위를 한번 쓰윽 훑어보았다
저만큼 고추밭에서
아낙 셋이 하얗게 엉덩이를 까 놓고 천연스럽게 뒤를 보고 있었다.

무슨 생각이 들어서 그랬는지
산마루에 걸린 초승달이 입이 귀밑까지 째지도록 웃고 있었다.

김남주

호박

바싹 마른 넝쿨이
전설처럼 지나온 자리에
호박덩이 하나 집 짓고 있다
그 속에는 젖니 난 아이들을 키우는
늙은 할머니가 살고 계신다

송상욱

성적표 나오는 날

앞지르기 한 녀석들
왜 이리 많은 거야

끼어들기 한 녀석들
왜 이리 많은 거야

내가 넘어졌는데
일으켜주기는커녕 밟아주고 가다니

넘어지면 일으켜주는 사이에서
넘어지면 밟아주는 사이가 되다니

성적표 나오는 날
너와 나, 우리 사이에
새 관계식이 만들어진다

김미희

학교다녀오겠습니다아

깨어진 블럭 사이 민들레가 곱다
열 살배기들이 지나가며 재잘거리는 소리가
이 동네의 아침을 연다
학교다녀오겠습니다아
떠나갈 듯 인사하고 뛰어간 아이들이
웬일인지 조막손을 꼭 쥔 채 달음질쳐 돌아온다
놀란 강아지처럼 엄마의 치맛자락에 숨는다
제비도 놀라 몸을 뒤집으며 날아간다
그래도 학교에는 가야지
끝나는 대로 돌아와야 한다
그새 집이 없어지면, 없어지면
아이는 울음을 터뜨리고
간신히 달래 보내는 엄마의 등 뒤로
민들레 홀씨 어지럽게 날린다
흙먼지와 연기 속으로 아이들이 자욱해진다
민들레 노란 꽃잎에 핏물이 밴다
내일 아침 아이들은
어느 곳에서 깨어나 인사를 할 것인가
학교다녀오겠습니다아

나희덕

시험

'땡 때—앵~'
종이 울리면 나는 불안감, 두려움이 엄습한다.
그놈이 날 괴롭힐 것 같다.
그놈이 날 때릴 것 같다.
그놈이 난 무섭다.

밤새 준비한 것들 다 '無用之物'

놈이 왔다.

명용성

중학교 선생

어린아이에서 사춘기로 고통스럽게 진입해 들어가는
번민 많은 아이들을 가득 싣고
슬픔의 캄캄한 터널 속을 빠져나와 달리는
성장의 급행열차가 잠시 멎는
시골의 쓸쓸한 간이역 같은 중학교
거기 몇십 년씩이나 서서
손을 들어 달리는 그 기차를 멈추게 하고
멎은 기차를 또다시 출발시키는
해마다 늙어 가는 기차역원 같은
돈도 명예도 없고
있었던 실력도 오랜 세월 쓰지 않아 녹이 다 슬어 버린
허름한 중학교 선생
스치며 지나가는 아이들의 속력은 너무 빠르고 바빠
몇 년 지나면 마침내
아무도 찾지 않고 잊혀지는 중학교 선생

양정자

지하철에 눈이 내린다

강을 건너느라
지하철이 지상으로 올라섰을 때
말없이 앉아 있던 아줌마 하나가
동행의 옆구리를 찌르며 말한다
눈 온다
옆자리의 노인이 반쯤 감은 눈으로 앉아 있던 손자를 흔들며
손가락 마디 하나가 없는 손으로
차창 밖을 가리킨다
눈 온다
시무룩한 표정으로 서 있던 젊은 남녀가
얼굴을 마주 본다
눈 온다
만화책을 읽고 앉았던 빨간 머리 계집애가
재빨리 핸드폰을 꺼내 든다
눈 온다

한강에 눈이 내린다
지하철에 눈이 내린다
지하철이 가끔씩 지상으로 올라서 주는 것은
고마운 일이다.

윤제림

봉사 활동

추운 겨울날
지나가는 사람들 속에
가만히 서 있기만 했다

손발 꽁꽁 얼어가면서
시계만 뚫어지게 보고 있었다

기쁜 마음으로
봉사 활동 확인서를 받으러 갔다

네 시간짜리 봉사 활동
확인서를 받아도
봉사 활동이라 할 수 없는 봉사 활동

이렇게 열 시간을 채워 가면
'봉사 활동 열심히 했구나'가 아니라
'봉사 시간 다 채웠구나' 하는 말이 돌아온다.

서영은

급식실 유리창엔 솔거의 벽화가 있다

4교시가 끝나는 종소리가 울리자마자
복도와 계단은 육상경기장,
돌격대원처럼 급식실로 돌진하는
쇳덩이도 녹일 저 위장을 보게나.
선생들은 뛰지 마라 뛰지 말라고
목에 핏대를 세우지만
한시도 가만있지 못하는 저 아이들의
용광로보다 더 뜨거운 위장을
아무도 말리지 못하네.

오늘 한 아이가 100미터 달리기 하듯
전교 1등으로 급식실로 달려가다가
현관 유리창에 부딪쳐
앞니 하나가 툭 부러졌다네.
솔거의 벽화에 날아들던
수많은 새들이 벽에 부딪쳐
뚝 뚝 떨어지던 신라 적도 아니고
남들보다 먼저 밥을 먹으려는
밥 한 그릇에 목숨을 거는
요즘 아이들의 팍팍한 삶이라네.

급식실 유리창 너머로 보이는
급식실의 맛있는 반찬
침을 꼴깍이는 혓바닥
그깟 이빨이야
치과 의사들이 때워 줄 것이고
배 속에서 어서 빨리 밥을 달라고
위장이 아우성을 쳐 댄다네.

김성중

차가운 세상

아홉 시, 야자를 마치고
피곤함으로 얼룩져 있던 나는
재빨리 학교를 벗어난다.
밤이 내려 날씨가 쌀쌀하다.
앞에서 큰 고함 소리가 들린다.
무슨 일일까?
내 발걸음은 느려진다.
생선 할머니와 어떤 남자의 모습이 보인다.
남자는 우산으로 할머니를 가리키면서 욕을 한다.
'이년아, 이년아, 그딴 식으로 살지 마라.'
나이 든 사람한테 도저히 할 수 없는 말이다.
누구도 그 사람을 막지 않는다.
경찰도 멀찍이 서서 구경만 한다.
어쩐지 마음 한구석이 차가워졌다.

최민주

갈퀴

흙도 가려울 때가 있다
씨앗이 썩어 싹이 되어 솟고
여린 뿌리 칭얼대며 품속 파고들 때
흙은 못 견디게 가려워 실실 웃으며
떡고물 같은 먼지 피워 올리는 것이다
눈 밝은 농부라면 그걸 금세 알아차리고
헛청에서 낮잠이나 퍼질러 자는 갈퀴 깨워
흙의 등이고 겨드랑이고 아랫도리고 장딴지고
슬슬 제 살처럼 긁어 주고 있을 것이다
또 그걸 알고 으쓱으쓱 우쭐우쭐 맨머리 새싹은
갓 입학한 어린애들처럼 재잘대며 자랄 것이다.
가려울 때를 알아 긁어 주는 마음처럼
애틋한 사랑 어디 있을까
갈퀴를 만나 진저리 치는 저 살들의 환희
모든 살아 있는 것들은
사는 동안 가려워 갈퀴를 부른다.

이재무

• 헛청 | 헛간으로 된 집의 한 덩이.

낙타

눈을 감으면

어린 시절 선생님이 걸어오신다.
회초리를 들고서

선생님은 낙타처럼 늙으셨다.
늦은 봄 햇살을 등에 지고
낙타는 항시 추억한다.
— 옛날에 옛날에 —

낙타는 어린 시절 선생님처럼 늙었다.
나도 따뜻한 봄볕을 등에 지고
금잔디 위에서 낙타를 본다.

내가 여윈 동심의 옛이야기가
여기저기
떨어져 있음 직한 동물원의 오후.

이한직

담임교사

체육대회의 꽃은 역시 이어달리기
신발 끈도 조여 매고 점퍼도 벗어 놨지만
숨도 고르기 전에 바통이 전해진다
두 팔을 힘차게 내저으며 달리기 시작해
잘 달려야지 잘 달려야지
앞서 가던 욕심이 박자를 잃고
초심도 잃고 중심도 잃어 끝내 넘어지고 말았다
손도 까지고 무릎도 깨졌지만 바통만은 놓치면 안 돼
눈물을 삼키고 다시 일어난다
박수도 없는 운동장에서
다음 주자에게 바통을 넘겨줄 때까지
숨차게 끝까지 일 년을 한 바퀴로 도는
장거리 이어달리기의 바통 주자

정윤혜

호떡집에 불이 나서

하필이면 왜 호떡집인가,

오래도록 궁금하더니 오늘에야 알았다. 호떡집에 불이 나면 무슨 일이 생기나. 대백플라자 모퉁이 포장 친 옛날식 호떡집. 세상에서 가장 시끄러운 집.

휙휙, 소매가 펄럭거리고

반죽이 척척, 이겨지고

빵틀이 철컥철컥, 돌아간다.

손님들이 줄 서서 기다리고, 볶은 땅콩이 튀고, 밀가루가 날뛰고, 달아오른 빵틀 속에서 호떡이 정신없이 부풀어 오른다.

호떡집에 불이 났다.

그런데 이게 웬일, 움직임은 부산한데 말소리는 한마디도 들리지 않는다. 아이스크림 튀김처럼 겉은 뜨겁고 속이 고요하여,

알고 보니 그 집주인은 농아 부부, 주인이 농아이니 손님도 덩달아 농아가 되어

천 원짜리 두 장을 들고 눈짓으로, 손가락으로, 벙긋 웃음으로, 돈이 건너가고 호떡이 건너온다. 계핏가루가 싸늘한 겨울 공기를 문지른다.

호떡이 부풀어 오르는 동안

천막 바깥의 딱딱한 시간이 물렁물렁하게 부풀고 마침내

알맞게 구운 노릇한 호떡을 한 입 베어 먹을 때,

앗, 뜨거!

숨죽였던 말들이 튀어나오며 뭉클, 굳은 혀가 구름처럼 마구 피어오르는 것이었다.

장옥관

꿈속에조차 따라와서

학원 정규 시간엔 일차함수
방학 특강으로 또 이차함수
방학 내내 함수
함수 함수 함수에 묻히겠다

꿈을 꾸었다
신발장에 내 신발이 없었다
이리저리 내 신발을 찾는데
구원자의 목소리가 들린다

네 신발은 영 콤마 십팔(0, 18)에 있다

어이쿠, 내 신발을 찾으려면
함수를 풀어야 했다

김미희

못난 사과

못나고 흠집 난 사과만 두세 광주리 담아 놓고
그 사과만큼이나 못난 아낙네는 난전에 앉아 있다
지나가던 못난 지게꾼은 잠시 머뭇거리다
주머니 속에서 꼬깃꼬깃한 천 원짜리 한 장 꺼낸다
파는 장사치도 팔리는 사과도 사는 손님도
모두 똑같이 못나서 실은 아무도 못나지 않았다

조향미

7

흔들리며 피는 꽃

흔들리지 않고 피는 꽃이 어디 있으랴
이 세상 그 어떤 아름다운 꽃들도
다 흔들리면서 피었나니
흔들리면서 줄기를 곧게 세웠나니
흔들리지 않고 가는 사랑이 어디 있으랴

아직과 이미 사이

'아직'에 절망할 때
'이미'를 보아
문제 속에 들어 있는 답안처럼
겨울 속에 들어찬 햇봄처럼
현실 속에 이미 와 있는 미래를

아직 오지 않은 좋은 세상에 절망할 때
우리 속에 이미 와 있는 좋은 삶들을 보아
아직 피지 않은 꽃을 보기 위해선
먼저 허리 굽혀 흙과 뿌리를 보살피듯
우리 곁의 이미를 품고 길러야 해

저 아득하고 먼 아직과 이미 사이를
하루하루 성실하게 몸으로 생활로
내가 먼저 좋은 세상을 살아 내는
정말 닮고 싶은 좋은 사람
푸른 희망의 사람이어야 해

박노해

산속에서

길을 잃어 보지 않은 사람은 모르리라
터덜거리며 걸어간 길 끝에
멀리서 밝혀져 오는 불빛의 따뜻함을

막무가내의 어둠 속에서
누군가 맞잡을 손이 있다는 것이
인간에 대한 얼마나 새로운 발견인지

산속에서 밤을 맞아 본 사람은 알리라
그 산에 갇힌 작은 지붕들이
거대한 산줄기보다
얼마나 큰 힘으로 어깨를 감싸 주는지

먼 곳의 불빛은
나그네를 쉬게 하는 것이 아니라
계속 걸어갈 수 있게 해 준다는 것을

나희덕

흔들리며 피는 꽃

흔들리지 않고 피는 꽃이 어디 있으랴
이 세상 그 어떤 아름다운 꽃들도
다 흔들리면서 피었나니
흔들리면서 줄기를 곧게 세웠나니
흔들리지 않고 가는 사랑이 어디 있으랴

젖지 않고 피는 꽃이 어디 있으랴
이 세상 그 어떤 빛나는 꽃들도
다 젖으며 젖으며 피었나니
바람과 비에 젖으며 꽃잎 따뜻하게 피웠나니
젖지 않고 가는 삶이 어디 있으랴

도종환

광야

까마득한 날에
하늘이 처음 열리고
어데 닭 우는 소리 들렸으랴

모든 산맥들이
바다를 연모해 휘달릴 때도
차마 이곳을 범하든 못 하였으리라

끊임없는 광음(光陰)을
부지런한 계절이 피어선 지고
큰 강물이 비로소 길을 열었다

지금 눈 나리고
매화 향기 홀로 아득하니
내 여기 가난한 노래의 씨를 뿌려라

다시 천고(千古)의 뒤에
백마 타고 오는 초인이 있어
이 광야에서 목 놓아 부르게 하리라

이육사

새로운 길

내를 건너서 숲으로
고개를 넘어서 마을로

어제도 가고 오늘도 갈
나의 길 새로운 길

민들레가 피고 까치가 날고
아가씨가 지나고 바람이 일고

나의 길은 언제나 새로운 길
오늘도…… 내일도……

내를 건너서 숲으로
고개를 넘어서 마을로

윤동주

신새벽

한밤중에 깨어 일어나
내가 갑자기 착한 소가 될 때가 있다.

이때가 가장 정다운 때!
넓은 귀를 늘어뜨리고
내가 더 깊숙한 나로 태어날 때!

우주의 저 까마득한 밑바닥에서
쨍그랑 하고 돌멩이 하나 깨어지는 소리 들린다.

향기로운 땅 새벽이 가차이 열리는 것은 이때부터
그리운 그리운 파도가 먼 해안선을 초록 띠로 물들이는 것도 이때부터

이시영

두레박

깊이도 모른 채
조심스레 내려가 본다
어느 만큼의 줄이 풀려야
가야 할 곳 다다를 수 있을까
멈칫멈칫
머뭇거리는 말보다 마음이 앞서는데

어느 순간 다다른
가슴 철벅이는 곳
허둥허둥 허기진 배를 채운다

한 가닥 빛줄기
행여라도 없어질세라
마음 졸이며 올라오는 길
출렁출렁
당겨 주는 이의 무심함이 야속하기만 하다
단 한 방울의 물도
놓치고 싶지 않았음을 정녕 모르나 보다

길어도 길어도
끝내 마르지 않을 우물 속을 내려가며
날마다 희망을 길어 올린다

정다빈

바람 속을 걷는 법 2

바람 불지 않으면 세상살이가 아니다.
그래, 산다는 것은
바람이 잠자기를 기다리는 게 아니라
그 부는 바람에 몸을 맡기는 것이다.
바람이 약해지는 것을 기다리는 게 아니라
그 바람 속을 헤쳐 나가는 것이다.

두 눈 똑바로 뜨고 지켜볼 것,
바람이 드셀수록 왜 연은 높이 나는지.

이정하

한 숟가락 흙 속에

한 숟가락 흙 속에
미생물이 1억 5천만 마리래!
왜 아니겠는가, 흙 한 술,
삼천대천세계가 거기인 것을!

알겠네 내가 더러 개미도 밟으며 흙길을 갈 때
발바닥에 기막히게 오는 그 탄력이 실은
수십 억 마리 미생물이 밀어 올리는
바로 그 힘이었다는 걸!

정현종

긍정적인 밥

시 한 편에 삼만 원이면
너무 박하다 싶다가도
쌀이 두 말인데 생각하면
금방 마음이 따뜻한 밥이 되네

시집 한 권에 삼천 원이면
든 공에 비해 헐하다 싶다가도
국밥이 한 그릇인데
내 시집이 국밥 한 그릇만큼
사람들 가슴을 따뜻하게 덥혀 줄 수 있을까
생각하면 아직 멀기만 하네

시집이 한 권 팔리면
내게 삼백 원이 돌아온다
박리다 싶다가도
굵은 소금이 한 됫박인데 생각하면
푸른 바다처럼 상할 마음 하나 없네

함민복

고영민 시인. 1968년 충남 서산에서 태어나 2002년 《문학사상》에 시를 발표하면서 작품 활동을 시작했다. 시집 《악어》, 《공손한 손》 등이 있다.

고재종 시인. 1957년 전남 담양에서 태어나 1984년 실천문학사의 신작 시집 《시여 무기여》에 〈동구밖집 열두 식구〉 등을 발표하면서 작품 활동을 시작했다. 시집 《새벽들》, 《날랜 사랑》, 《쪽빛 문장》 등이 있다.

구 상 시인. 1919년 서울에서 태어났으나 1920년대 초에 함경남도 원산으로 이주해 1946년 원산문학가동맹의 동인지 시집 《응향》에 시를 발표하면서 작품 활동을 시작했다. 시집 《인류의 盲點에서》, 《초토의 시》, 《구상시집》 등이 있다.

권대웅 시인. 1962년 서울에서 태어나 1988년 《조선일보》 신춘문예에 시가 당선되면서 작품 활동을 시작했다. 시집 《조금 쓸쓸했던 생의 한때》, 《당나귀의 꿈》 등이 있다.

권이영 시인, 번역가. 1941년 서울에서 태어났다. 시집 《천천히 걷는 자유》, 옮긴 책으로 《성공의 정석》 등이 있다.

권정생 아동문학가. 1937년 일본 도쿄에서 태어나 1969년 《기독교교육》의 '아동문학상'에 동화 〈강아지 똥〉, 1973년 《조선일보》 신춘문예에 동화 〈무명저고리와 엄마〉가 당선되면서 작품 활동을 시작했다. 2007년 5월 지병으로 세상을 떠났으며, 지은 책으로 《강아지 똥》, 《몽실 언니》 등의 동화와 시집 《어머니 사시는 그 나라에는》 등이 있다.

김광규 시인. 1941년 서울에서 태어났으며 제5회 '오늘의 작가상', 제4회 '김수영문학상' 등을 수상했다. 시집 《우리를 적시는 마지막 꿈》, 《아니다 그렇지 않다》, 《물길》, 《희미한 옛사랑의 그림자》 등이 있다.

김기림 시인. 1908년 함경북도 학성에서 태어나 구인회와 조선문학가동맹에서 활발한 활동을 하다 6·25 때 납북되었다. 1936년 첫 시집 《기상도》를 발표했으며 《태양의 풍속》, 《바다와 나비》 등의 시집을 펴냈다.

김기택 시인. 1957년 경기도 안양에서 태어나 1989년 《한국일보》 신춘문예에 시가 당선되면서 작품 활동을 시작했다. 시집 《태아의 잠》, 《바늘구멍 속의 폭풍》, 《사무원》, 《소》, 《껌》 등이 있다.

김남주 시인. 1946년 전남 해남에서 태어나 1974년 《창작과비평》 여름호에 〈잿더미〉 등을 발표하면서 작품 활동을 시작했다. 반독재 민주화 투쟁에 앞장섰으며, 1994년 세상을 떠났다. 시집 《사랑의 무기》, 《옛마을을 지나며》, 《나의 칼 나의 피》, 《조국은 하나다》 등이 있다.

김명인 시인. 1946년 경북 울진에서 태어나 1973년 《중앙일보》 신춘문예에 시가 당선되면서 작품 활동을 시작했다. 시집 《동두천》, 《물 건너는 사람》, 《바다의 아코디언》, 《파문》 등이 있다.

김미진 김천여자고등학교 학생.

김미희 시인, 동화작가. 1971년 제주 우도에서 태어나, 2002년 한국일보 신춘문예에 동시 〈달리기 시합〉이 당선되면서 작품 활동을 시작했다. 동시집 《달님도 인터넷해요?》, 《네 잎 클로버 찾기》, 《동시는 똑똑해》, 청소년시집 《외계인에게 로션을 발라주다》, 《소크라테스가 가르쳐준 프러포즈》 등이 있다.

김상용 시인. 1902년 경기도 연천군에서 태어나, 1930년 동아일보에 〈무상〉, 〈그러나 거문고의 줄은 없고나〉 등을 발표하며 등단했다. 〈우부우화〉를 비롯한 수필도 많이 남겼으며, 시집 《망향》 등이 있다.

김선강 백운중학교 학생.

김성중 전남여자고등학교 교사.

김요섭 아동문학가. 1927년 함경북도 나남에서 태어나 1941년 《매일신보》 신춘문예에 동화 〈고개 넘어 선생〉이 당선되면서 작품 활동을 시작했다. 지은 책으로 《날아

다니는 코끼리》, 《63억 광년을 산 이슬》 등이 있다.

김지애 김천여자고등학교 학생.

김지혜 김천여자고등학교 학생.

김지하 시인. 1941년 전남 목포에서 태어났다. 민주화 투쟁에 앞장섰으며, 1970년 《사상계》에 담시 〈오적(五賊)〉을 발표하여 투옥 생활을 했고, 저항시 발표 및 저항운동에 전념하다 체포되어 사형 선고를 받기도 했다. 시집 《타는 목마름으로》, 《중심의 괴로움》, 《화개》 등이 있다.

김효욱 김천여자고등학교 학생.

나혜경 시인. 1964년 전북 김제에서 태어났다. 1992년 《시와의식》에 시를 발표하면서 작품 활동을 시작했다. 시집 《무궁화, 너는 좋겠다》, 《담쟁이덩굴의 독법》이 있다.

나희덕 시인. 1966년 충남 논산에서 태어나 1989년 《중앙일보》 신춘문예에 시 〈뿌리에게〉가 당선되면서 작품 활동을 시작했다. 시집 《뿌리에게》, 《그 말이 잎을 물들였다》, 《어두워진다는 것》 등이 있다.

도종환 시인. 1954년 충북 청주에서 태어나 교사이자 시인으로 활동했으며, 1998년 해직 10년 만에 복직했다 다시 교단을 떠나 창작에 전념하고 있다. 시집 《고두미 마을에서》, 《접시꽃 당신》, 《부드러운 직선》, 《다시 피는 꽃》, 《사람의 마을에 꽃이 진다》 등이 있다.

명용성 고려대학교 사범대학 부속중학교 학생.

문성해 시인. 1963년 경북 문경에서 태어나 1998년 《매일신문》 신춘문예, 2003년 《경향신문》 신춘문예에 시가 당선되면서 작품 활동을 시작했다. 시집 《자라》, 《아주 친근한 소용돌이》가 있다.

문인수 시인. 1945년 경북 성주에서 태어나 1985년 《심상》 지에 시를 발표하면서 작품 활동을 시작했다. 시집 《홰치는 산》, 《동강의 높은 새》, 《쉬》, 《배꼽》 등이 있다.

문정희 시인. 1947년 전남 보성에서 태어나 1969년 《월간문학》 '신인상'에 당선되면서 작품 활동을 시작했다. 시집 《남자를 위하여》, 《이 세상 모든 사랑은 무죄이다》, 《오라, 거짓 사랑아》 등이 있다.

박노해 시인. 1957년 전남 함평에서 태어났다. 섬유, 화학, 금속 등의 업종에서 노동자로 일하다 1984년에 첫 시집 《노동의 새벽》을 펴내며 '얼굴 없는 시인'으로 알려지기 시작했다. 시집으로 《참된 시작》, 수필집으로 《사람만이 희망이다》 등이 있다.

박두순 시인, 아동문학가. 1950년 경북 봉화에서 태어났다. 1977년 《아동문학평론》에 동시가 추천되었으며 《자유문학》 시 부분 '신인상'을 받으면서 작품 활동을 시작했다. 동시집 《망설이는 빗방울》, 시집 《행복강의》 등이 있다.

박용주 1989년 풍양중학교 재학 당시 전남대 '5월 문학상'을 받았다. 시집 《바람찬 날에 꽃이여 꽃이여》가 있다.

박의상 시인. 1943년 만주에서 태어났으며, 1964년 《서울신문》 신춘문예에 시가 당선되면서 작품 활동을 시작했다. 시집 《내 안에 사랑이》, 《누군가, 휘파람》, 《미국이라는 문제》 등이 있다.

박재삼 시인. 1933년 일본 도쿄에서 태어나 1955년 《현대문학》에 시가 추천되어 작품 활동을 시작했으며, 1997년 지병으로 세상을 떠났다. 시집《춘향이 마음》, 《울음이 타는 가을 강》, 《천년의 바람》, 수필집으로 《아름다운 삶의 무늬》 등이 있다.

박주연 고려대학교 사범대학 부속중학교 학생.

백 석 시인. 1912년 평안북도 정주에서 태어나 해방 이후 고향에 머물다 1995년 사망한 것으로 알려져 있다. 1935년 《조선일보》에 〈정주성〉을 발표하면서 작품 활동을 시작했으며, 1936년에 첫 시집이자 유일한 시집인 《사슴》을 펴냈다.

서영은 경남여자고등학교 학생.

서정홍 시인. 1958년 마산에서 태어나 1992년 제4회 '전태일 문학상'을 받으며 작품 활동을 시작했다. 시집 《58년 개띠》, 《아내에게 미안하다》, 《내가 가장 착해질 때》 등이 있다.

서천우 시인. 1975년 전북 김제에서 태어나 대학교 재학 중에 시집을 출간했다. 시집 《너와 난 천만번 생각해도 연인이 아닌 게 분명해 1, 2》, 《쓰리고에 피박》이 있다.

송상욱 시인. 1939년 전남 고흥에서 태어나 1975년 시집 《망각의 바람》을 발표하며 등단했으며, 1993년 '현대시인상' 본상을 받았다. 시집 《영혼 속의 새》, 《승천하는 죄》 등이 있다.

신경림 시인. 1936년 충북 중원에서 태어나 1955~1956년 《문학예술》에 〈갈대〉 등이 추천되어 작품 활동을 시작했다. 시집 《농무》, 《새재》, 《어머니와 할머니의 실루엣》, 《낙타》 등이 있다.

양정자 시인, 교사. 1944년 서울에서 태어나 1990년 첫 시집 《아내일기》를 발표하면서 작품 활동을 시작했다. 시집 《가장 쓸쓸한 일》, 《아이들의 풀잎노래》, 《내가 읽은 삶》 등이 있다.

오승강 시인, 교사. 1953년 부산에서 태어나 1976년 《동아일보》에 시 〈사림기행〉이 당선되면서 작품 활동을 시작했다. 시집 《새로 돋는 풀잎들을 보며》, 《피라미의 꿈》 등과 동시집 《분교 마을 아이들》이 있다.

유근지 김천여자고등학교 학생.

윤동주 시인. 1917년 만주 북간도 명동촌에서 태어나 일제강점기 민족시인으로 활동하다가 1945년 일본 후쿠오카 형무소에서 세상을 떠났다. 우리에게 잘 알려진 〈서시〉, 〈자화상〉, 〈별 헤는 밤〉 등의 시를 썼으며, 유고시집 《하늘과 바람과 별과 시》가 있다.

윤보영 시인. 1961년 경북 문경에서 태어나 1998년 《지구문학》 '신인상', 2009년 《대전일보》 신춘문예 동시 부문에 당선되었다. 시집 《바람 편에 보낸 안부》, 《그대가 있어 더 좋은 하루》 등이 있다.

윤아란 김천여자고등학교 학생.

윤재철 시인. 1953년 충남 논산에서 태어나 1980년대 초반, 민중시를 대변하던 '오월시'의 동인으로 활동하기도 했다. 시집 《그래 우리가 만난다면》, 《세상에 새로 온 꽃》, 《능소화》 등이 있다.

윤제림 시인. 1959년 충북 제천에서 태어나 1987년 《문예중앙》에 시 〈뿌리 깊은 별들을 위하여〉 등이 당선되면서 작품 활동을 시작했다. 시집 《삼천리호 자전거》, 《황천반점》, 《그는 걸어서 온다》 등이 있다.

이기윤 시인. 1954년 경남 김해에서 태어나 1977년 육군사관학교를 졸업하고 1997년 《시와시학》 '신인상'을 받으며 작품 활동을 시작했다. 시집 《자전거와 바퀴벌레》, 장편소설 《섣달 그믐밤》 등이 있다.

이동진 작가, 일러스트레이터. 황해도 장연에서 태어나 1984년 제2회 MBC 창작동요제에서 〈노을〉로 대상을 받았으며 아홉 번의 개인전을 열었다. 지은 책으로 《바보 이야기》, 《별을 보는 아이》, 《짤막한 이야기》 등이 있다.

이데레사 시인. 초등학교 교사. 1960년 부산 영도에서 태어났다. 《글과 그림》 동인으로 활동하고 있으며, 연작시집 《아버지 생각》을 펴냈다.

이문재 시인. 1959년 경기도 김포에서 태어나 1982년 《시운동》 4집에 시를 발표하면서 작품 활동을 시작했다. 《녹색평론》 편집자문위원으로 활동하고 있으며, 시집 《내 젖은 구두 벗어 해에게 보여 줄 때》, 《마음의 오지》, 《산책시편》, 《별빛 쏟아지는 공간》 등이 있다.

이성부 시인. 1942년 광주에서 태어나 1961~1962년 《현대문학》에 〈백주〉, 〈열차〉 등이 추천되어 작품 활동을 시작했다. 시집 《우리들의 양식》, 《전야》, 《야간 산행》 등이 있다.

이성선 시인. 1941년 강원도 고성에서 태어나 1970년 《문화비평》에 〈시인의 병풍〉 외 4편의 시를 발표하면서 작품 활동을 시작했으며 2001년 세상을 떠났다. 시집 《별까지 가면 된다》, 《새벽꽃 향기》, 《내 몸에 우주가 손을 얹었다》, 《물방울 우주》 등이 있다.

이시영 시인. 1949년 전남 구례에서 태어나 1969년 《중앙일보》 신춘문예에 시조, 《월간문학》 제3회 '신인상'에 시가 당선되면서 작품 활동을 시작했다. 시집 《만월》, 《무늬》, 《우리의 죽은 자들을 위해》 등이 있다.

이원수 아동문학가. 1911년 경남 양산에서 태어나 한국아동문학가협회를 창립하여 초대 회장을 역임했으며 1981년 세상을 떠났다. 지은 책으로《할머니의 노래》, 《해와 같이 달과 같이》, 《오월의 노래》 등이 있다.

이육사 시인, 독립운동가. 1904년 경북 안동에서 태어났으며, 1930년 조선일보에 〈말〉을 발표하면서 등단했다. 독립운동을 하다 체포되어 1944년 41세의 나이로 생을 마감했다. 그의 사후에 둘째 동생 이원조가 이육사의 시를 모아, 1946년에 유고시집을 출간했다.

이재무 시인. 1958년 충남 부여에서 태어나 1983년 《삶의문학》에 시를 발표하면서 작품 활동을 시작했다. 시집 《벌초》, 《몸에 피는 꽃》, 《시간의 그물》, 《오래된 농담》, 《저녁 6시》 등이 있다.

이정하 시인. 1962년 대구에서 태어나 1987년 《경남신문》과 《대전일보》 신춘문예에 시가 당선되면서 작품 활동을 시작했다. 시집 《너는 눈부시지만 나는 눈물겹다》, 《그대 굳이 사랑하지 않아도 좋다》, 《한 사람을 사랑했네》 등이 있다.

이한직 시인. 1921년 전북 전주에서 태어나 1939년에 〈풍장〉, 〈북극권〉 등의 시를 《문장》

지에 발표하면서 작품 활동을 시작했고, 1976년에 세상을 떠났다. 시집 《청룡》, 《이한직 시집》 등이 있다.

이해인 시인. 수녀. 1945년 강원도 양구에서 태어나 1970년 《소년》 지에 동시를 발표하면서 작품 활동을 시작했다. 시집 《민들레의 영토》, 《오늘은 내가 반달로 떠도》, 《외딴 마을의 빈집이 되고 싶다》, 《눈꽃 아가》 등이 있다.

이 향 시인. 2002년 《매일신문》 신춘문예에 시가 당선되면서 작품 활동을 시작했다.

이현영 경남여자고등학교 학생.

이홍섭 시인. 1965년 강원도 강릉에서 태어나 1990년 《현대시세계》에 시가, 2000년 《문화일보》 신춘문예에 문학평론이 당선되면서 작품 활동을 시작했다. 시집 《숨결》, 《강릉, 프라하, 함흥》 등이 있다.

장승민 고려대학교 사범대학 부속중학교 학생.

장옥관 시인. 1955년 경북 선산에서 태어나 1987년 《세계의문학》에 시를 발표하면서 작품 활동을 시작했다. 시집 《황금 연못》, 《바퀴 소리를 듣는다》, 《달과 뱀과 짧은 이야기》 등이 있다.

정다빈 김천여자고등학교 학생.

정윤혜 삼각산고등학교 교사.

정일근 시인. 1958년 경남 양산에서 태어나 1984년 《실천문학》과 1985년 《한국일보》 신춘문예에 시를 발표하면서 작품 활동을 시작했다. 시집 《바다가 보이는 교실》, 《누구도 마침표를 찍지 못한다》, 《마당으로 출근하는 시인》 등이 있다.

정지용 시인. 1902년 충북 옥천에서 태어났으며, 1926년 《학조》 창간호에 〈카페 프란스〉 등을 발표하며 등단했다. 여러 문예지에 시를 발표했으며, 1933년 창립한 중견 작가 모임인 '구인회'에서 활동했다. 한국전쟁이 일어난 뒤 납북되는 과정에서 사망했다고 알려져 있으나, 사망 원인과 날짜는 정확하지 않다.

정현종 시인. 1939년 서울에서 태어나 1964년 《현대문학》에 추천을 받았으며, 1965년 3월과 8월에 각각 〈독무〉와 〈여름과 겨울의 노래〉로 《현대문학》에서 3회 추천을 완료하고 작품 활동을 시작했다. 시집 《한 꽃송이》, 《나는 별아저씨》, 《갈증이며 샘물인》, 《견딜 수 없네》 등이 있다.

조향미 시인. 1961년 경남 거창에서 태어나 1984년 무크지 《전망》을 통해 작품 활동을 시작했다. 시집 《길보다 멀리 기다림은 뻗어 있네》, 《새의 마음》, 《그 나무가 나에게 팔을 벌렸다》 등이 있다.

최두석 시인. 1955년 전남 담양에서 태어나 1980년 《심상》 지에 시를 발표하면서 작품 활동을 시작했다. 시집 《대꽃》, 《성에꽃》, 《꽃에게 길을 묻는다》 등이 있다.

최문자 시인. 1943년 서울에서 태어나 1982년 《현대문학》에 시를 발표하면서 작품 활동을 시작했다. 시집 《귀 안에 슬픈 말 있네》, 《울음소리 작아지다》, 《그녀는 믿는 버릇이 있다》 등이 있다.

최민주 경남여자고등학교 학생.

한용운 시인. 스님. 1879년 충남 홍성에서 태어나 1905년 승려가 되었다. 1919년 3·1운동 때 민족대표 33인의 독립선언을 주도했으며, 활발한 작품 활동과 불교 혁신 운동을 펼쳤다. 지은 책으로 《조선불교유신론》, 《불교대전》 등과 시집 《님의 침묵》이 있다.

함민복 시인. 1962년 충북 중원에서 태어나 1988년 《세계의문학》에 시를 발표하면서 작품 활동을 시작했다. 시집 《자본주의의 약속》, 《모든 경계에는 꽃이 핀다》, 《말랑말랑한 힘》 등이 있다.

황지우 시인. 1952년 전남 해남에서 태어나 1980년 시 〈연혁(沿革)〉으로 《중앙일보》 신춘문예에 입선하고, 〈대답 없는 날들을 위하여〉를 《문학과 지성》에 발표하면서 작품 활동을 시작했다. 시집 《새들도 세상을 뜨는구나》, 《겨울-나무로부터 봄-나무에로》, 《게 눈 속의 연꽃》, 《어느 날 나는 흐린 주점에 앉아 있을 거다》 등이 있다.

국어시간에 시읽기 3

1판 1쇄 발행일 2009년 6월 30일
개정판 1쇄 발행일 2012년 4월 9일
2판 1쇄 발행일 2020년 3월 9일
2판 5쇄 발행일 2023년 6월 12일

엮은이 전국국어교사모임

발행인 김학원
발행처 (주)휴머니스트출판그룹
출판등록 제313-2007-000007호(2007년 1월 5일)
주소 (03991) 서울시 마포구 동교로23길 76(연남동)
전화 02-335-4422 **팩스** 02-334-3427
저자·독자 서비스 humanist@humanistbooks.com
홈페이지 www.humanistbooks.com
유튜브 youtube.com/user/humanistma **포스트** post.naver.com/hmcv
페이스북 facebook.com/hmcv2001 **인스타그램** @humanist_insta

편집책임 문성환 **편집** 윤무재 **디자인** 김태형 **일러스트** 김남진
용지 화인페이퍼 **인쇄** 청아디앤피 **제본** 민성사

ⓒ 전국국어교사모임, 2020

ISBN 979-11-6080-343-3 44810
979-11-6080-340-2 (세트)

• 이 책은 저작권법에 따라 보호받는 저작물이므로 무단 전재와 무단 복제를 금합니다.
• 이 책의 전부 또는 일부를 이용하려면 반드시 저자와 (주)휴머니스트출판그룹의 동의를 받아야 합니다.